ADORÁVEL CRIATURA FRANKENSTEIN

LêProsa 4

1. "a.s.a. – associação dos solitários anônimos", de Rosário Fusco
2. "BaléRalé", de Marcelino Freire
3. "Diana Caçadora & Tango Fantasma", de Márcia Denser
4. "Adorável Criatura Frankenstein", de Ademir Assunção

Ademir Assunção

ADORÁVEL CRIATURA FRANKENSTEIN

ROMANCE

Ateliê Editorial

Copyright © 2003 Ademir Assunção

Dados Internacionais de Catalogação na Publicação (CIP)
(Câmara Brasileira do Livro, SP, Brasil)

Assunção, Ademir
 Adorável criatura Frankenstein : romance / Ademir
Assunção. -- Cotia, SP : Ateliê Editorial, 2003. -- (LêProsa ; 4)

ISBN 85-7480-215-8

1. Romance brasileiro I. Título. II. Série.

03-6776   CDD-869.93

Índices para catálogo sistemático:
1. Romances : Literatura brasileira 869.93

Editor
Plinio Martins Filho

Projeto Editorial
Marcelino Freire

Capa, Projeto Gráfico & Editoração
Silvana Zandomeni

Revisão
Luiz Roberto Guedes

Foto da Capa
Marcelo Schellini

Todos os direitos reservados a
Ateliê Editorial
R. Manoel Pereira Leite, 15
06709-280 - Granja Viana, Cotia, SP
Telefax 11 4612-9666
www.atelie.com.br
atelie_editorial@uol.com.br

2003
Impresso no Brasil • Printed in Brazil
Foi feito depósito legal

O TURISTA — *Com quem tenho a honra de falar?*

O POLÍCIA — *Com a polícia poliglota.*

O TURISTA — *Oh! Que prazer! O senhor sou eu mesmo na voz passiva. Na minha qualidade de turista falo sete línguas, nesta idade! E não tenho mais governante!*

O POLÍCIA — *Também falo sete línguas, todas mortas. A minha função é mesmo essa, matá-las. Todo o meu glossário é de frases feitas...*

O TURISTA — *As mesmas que eu emprego. Nós dois só conseguimos catalogar o mundo, esfriá-lo, pô-lo em vitrine!*

O POLÍCIA — *Somos os guardiães de uma terra sem surpresas.*

OSWALD DE ANDRADE
A MORTA (1937)

ADVERTÊNCIA AO PÚBLICO E AOS ADVOGADOS:

*Esta é, rigorosamente, uma obra de ficção.
Todos os personagens, inclusive os aparentemente reais,
são totalmente irreais, não representando, portanto,
realidade alguma, a não ser que a realidade
já esteja superando a ficção.*

ADORÁVEL CRIATURA FRANKENSTEIN

UM SONHO

Quarenta reais de cocaína?

Uns quatro papelotes.

Tudo bem. Você demora?

Fique frio. Volto logo.

Ela atravessa as grossas portas de vidro fumê e imediatamente é engolida pela escuridão. Ela é minha amiga, mas não lembro quem é ela.

Resolvo esperá-la do lado de fora. Atravesso as grossas portas de vidro fumê e imediatamente meus olhos são atingidos por tamanha luminosidade que chega a ferir as retinas. Diante do hotel há uma praça enorme, toda calçada com pedras brancas. Apenas uma árvore no centro e sob ela um banco de madeira. Estranhas esculturas espalhadas por todos os lados: uma gigantesca mulher de pedra, com gavetas saindo de suas pernas, uma faca enfiada na testa e braços terminando em galhos, também de pedra. Perto do banco de madeira, um arco de pedra, semelhante à coluna dorsal de uma baleia, projeta-se do chão e interrompe-se abruptamente, suspenso no espaço, preso ao solo apenas por uma extremidade. Sento-me no banco de madeira, acendo um cigarro, olho para a direita e vejo um tigre saindo de trás da mulher de pedra. Pânico. Mas não consigo mover um músculo. Meu corpo está pesado, como se eu mesmo fosse um bloco compacto de pedra. O tigre avança lentamente. Com esforço sobrenatural consigo escalar a coluna dorsal da baleia de pedra e me sento na extremidade mais alta. O tigre continua avançando lentamente. Seu corpo é branco, com listras de um amarelo-vibrante. O tigre não é de pedra. Subitamente um rapaz de cabelos longos atravessa o enquadramento. Quando percebe a presença do tigre, está próximo demais. Pânico. Ele tenta proteger-se atrás da perna da mulher de pedra. O tigre salta sobre ele, as garras rasgam-lhe a carne. Nenhum grito. Apenas a visão do terror em seus olhos, que refletem o intenso azul do céu. A mulher de pedra arranca a faca enfiada em sua testa e a lança em direção à cabeça do tigre. A faca de pedra atinge a testa do tigre, num ponto exato entre os dois olhos. O tigre tomba. Olho em direção à mulher de pedra e só então percebo que ela possui asas. A mulher de pedra, na verdade, é um anjo. O anjo de pedra balança ferozmente as asas, levantando uma poeira branca e fina, que se espalha por toda a praça. A poeira fere meus olhos e me faz despertar da letargia em que me encontrava. Desço apressado da coluna dorsal da baleia de pedra e suspendo nos braços o corpo dilacerado do rapaz de cabelos longos. Ele ainda está vivo. Atravesso a praça de pedra e entro no saguão do hotel. Mais de uma dezena de médicos, todos vestidos com camisas, calças e sapatos brancos, esparrama-se nos quatro sofás do saguão, dispostos em um retângulo. Atravesso o saguão e levo o corpo dilacerado do rapaz de cabelos longos até um amplo salão, nos fundos, à esquerda. O amplo salão, nos fundos, à esquerda, é um Pronto Socorro. Acomodo com cuidado o corpo dilacerado do rapaz de cabelos longos em uma maca. Um médico se aproxima, examina o corpo dilacerado com uma frieza espantosa: *Está muito machucada, mas ficará boa*. Machucada? Boa? Desnorteado, sento-me em um banco de madeira na sala de espera. Um médico de cabelos ruivos sobe as escadarias. É um grande amigo. Militamos juntos no movimento estudantil em Londrina. Corro até ele e peço que examine meu amigo, que foi atacado por um tigre. Ele diz para eu aguardar na sala ao lado. Uma sala branca, cimento bruto nas paredes e apenas uma caixa de concreto no centro. Levanto a tampa da caixa de concreto e deparo com uma perna, um pedaço de braço e uma massa de carne no interior. Abro com as mãos a massa de carne, como se estivesse mexendo em um bife, e vejo um tubo bem fino, uns quinze centímetros de comprimento, entranhado naquela massa de carne muito vermelha, de um vermelho-vivo. Recoloco a massa de carne no interior da caixa de concreto e a fecho com a tampa. O médico de cabelos ruivos, meu amigo de militância estudantil, atravessa a sala: *Ela está bem machucada. Perdeu um pedaço do intestino. Uns quinze centímetros. É o ferimento mais grave. Mas com um pouco de sorte e perícia cirúrgica, ela ficará boa.* Ela? Machucada? Boa? Abraço meu amigo de militância estudantil, agradeço sua atenção e volto para o saguão do hotel. Atravesso as grossas portas de vidro fumê e sou imediatamente envolvido por uma densa escuridão. Vejo minha amiga entrando em uma limusine preta. Corro até ela.

Conseguiu a cocaína?

Não. Fica pra outra. Estou voando para o aeroporto. Embarco para o Japão em menos de uma hora.

E meus quarenta reais?

Estão aqui. Desculpe.

Minha amiga fecha a porta e a limusine arranca a toda velocidade. Ela é minha amiga, mas não lembro quem é ela.

Talvez eu não saiba mais sequer quem sou eu.

PONTE AÉREA

Eu estava sentado no saguão do aeroporto Santos Dumont lendo o cartum do Angeli na Folha de S. Paulo quando.

Que bunda! Que peitos! Que boca!

Ela cruzou o saguão apressada, quase correndo, em direção ao balcão da Vasp. Mesmo apressada, quase correndo, olhou meio de lado e pensou: Uhn, que negão gostoso!

O cartum do Angeli era engraçado. Eu era engraçado, a atendente da Vasp era engraçada, a palmeira imperial no jardim diante do aeroporto era engraçada, Deus era engraçado. Todos possuíam algo indefinível, indecifrável, incomunicável, que os tornava engraçados.

No primeiro quadrinho do cartum do Angeli aparecia o Presidente da República Fernando Henrique Cardoso olhando com um binóculo através da janela do

Palácio do Planalto e perguntando a um assessor baixinho postado ao seu lado como uma bananeira tropicalista: "Quem é aquele ali, no meio da multidão, fazendo aquele discurso tão contundente contra a Política Econômica do Governo?"

No segundo quadrinho, o assessor baixinho respondia ao Presidente da República Fernando Henrique Cardoso: "É o senhor 30 anos atrás".

Eu estava ligeiramente feliz por estar no saguão do aeroporto Santos Dumont aguardando a hora do embarque. Eu estava ligeiramente feliz não exatamente por estar no saguão do aeroporto Santos Dumont aguardando a hora do embarque, mas por estar viajando a São Paulo para conceder uma entrevista ao programa de TV *Letra Viva*.

Letra Viva era um programa de entrevistas com escritores. Um programa muito respeitado. Um programa com fama de só colocar no ar bons escritores. Eu era um bom escritor — era o que a crítica dizia. Um talento promissor. Fiquem de olho nele — a crítica pontificava.

Eu estava ligeiramente feliz e meio doido. Eu estava ligeiramente feliz por estar viajando a São Paulo para conceder uma entrevista ao programa *Letra Viva* e meio doido por ter fumado um baseado enorme antes de sair do apartamento.

O baseado era tão forte que parecia haxixe.

Eu tentava ler as notícias políticas da Folha de S. Paulo mas não conseguia chegar até o fim de frase alguma.

O Ministro Pedro Malan anunciou ontem que o Real não sofrerá nenhuma desvalorização diante da fuga de capitais dos últimos dias. Eu estava tão doido que antes de chegar ao fim da frase já esquecera o começo.

Eu pulava de notícia em notícia e virava as páginas sem conseguir deter a atenção em nada.

Eu pensava três quatro e até mesmo cinco coisas ao mesmo tempo e não conseguia terminar as frases do noticiário político.

Eu pensava nos peitos e na bunda da garota morena da noite passada enquanto lia a notícia de que o ministro Pedro Malan não sofreria nenhuma desvalorização de capitais diante da fuga do Real dos últimos dias.

Eu pensava nos peitos e na bunda da garota morena e não estava minimamente interessado em ministro Pedro Malan, nem em desvalorizações, nem em fuga de Real nem em fuga de preso algum, fosse lá quem fosse.

Eu estava no saguão do aeroporto Santos Dumont, ligeiramente feliz e meio doido, com a Folha de S. Paulo dobrada no colo, tentando lembrar cada detalhe da noite anterior, quando.

Que bunda! Que peitos! Que boca!

Eu lembrava bem daquele rosto moreno, os cabelos encaracolados, os lábios carnudos, os olhos verdes, mas lembrava mais ainda daqueles peitos, daquela bunda, daquela xota.

Eu estava de pau duro lembrando daquela morena,

sentado no saguão do aeroporto Santos Dumont, ligeiramente feliz e meio doido.

Eu lembrava daquela morena mas não conseguia lembrar o nome dela. Não conseguia lembrar o nome dela mas lembrava bem quando ela se virou de costas e jogou os cabelos de lado, mostrando a nuca.

Eu estava sentado no saguão do aeroporto Santos Dumont, ligeiramente feliz, meio doido e de pau duro, lembrando que estava louco para comer seu cu (não o seu, leitor amigo, mas o dela) quando de repente ela foi levantando a bunda e ficou de quatro e pediu: Mete em mim, meu querido, mete, mete, Mete seu pau bem no fundo do meu cu, eu quero sentir seu pau me arrombando, me fode pelo amor de Deus, me arrebenta, me arromba, eu quero me sentir violentada, eu quero me sentir arrombada, eu quero sentir o seu pau enorme abrindo meu corpo, aaaaaahhhhhhhh, aaaaaaaaaahhhhhhhhhhhhhh, aaaaaaaaaaaaaahhhhhhhhhh, que pau delicioso, que pau enorme, aaaaaaaaaaaaaaaaaaaahhhhhhhhhhhhhhhhhhhh, isso, mete, mete, enfia mais, mete tudo, me arrebenta, me come, hhhhhuuuummmm, hhhhhhhhhhhuuuuuuuuuuuuuuummmmmmmmmmmmmmm, hhhhhhhhhhhhhhh-hhhhhuuuuuuuuuuuuuuuuuuuuuuuummmmmmmmmm-mmmmmmmmmmmmmmmmmmmmmmm.

Eu estava no saguão do aeroporto Santos Dumont, ligeiramente feliz e meio doido, com a Folha de S. Paulo dobrada no colo, de pau duro, tentando lembrar cada detalhe da noite anterior e pensando que se algum dia um escritor maluco tentasse reproduzir aqueles gemidos ficaria parecendo história em quadrinhos. Imagine, quem escreveria aaaaahhhhhh, aaaaaaaaaaahhhhhhhhhhh, aaaaaaaaaaaaaahhhhhhhhhhhhhh, aaaaaaaaaaaaaaaa aaaaaaaaaaaaahhhhhhhhhhhhhhhhhhhhhhhhhhhhhh, hhhhhuuuummmm, hhhhhhhhhhhuuuuuuuuuuuuuuummmmmmmmmmmmmmmmm, hhhhhhhhhhhhhhhhhhhhuuuuuuuuuuuuuuuuuuuuuuuuuummmmmmmmmmmmmmmmmmmmmmmmmmmmmmmmmmmmmmmm? Só mesmo um desses tarados que os críticos chamam de pós-modernos.

Eu estava no saguão do aeroporto Santos Dumont, ligeiramente feliz e meio doido, com a Folha de S. Paulo dobrada no colo, de pau duro, tentando lembrar cada detalhe da noite anterior, quando.

Ela não estava mais apressada, quase correndo.

Ela atravessou o saguão do aeroporto Santos Dumont em câmera lenta e sentou-se na cadeira ao lado.

Ela era algo entre a Sabedoria e a Luxúria.

A Sabedoria vestia uma blusinha vermelha, colada ao corpo e estava sem sutiã.

A Sabedoria vestia uma calça preta colada ao corpo e estava com uma calcinha bem pequena, entrando na bunda.

A Sabedoria tinha coxas de ébano e bunda de madrepérola.

A Sabedoria estava com um cigarro na boca e remexia na bolsa preta à procura de alguma coisa.

Eu estava no saguão do aeroporto Santos Dumont, ligeiramente feliz e meio doido, com a Folha de S. Paulo dobrada no colo, de pau duro, quando a Luxúria virou lentamente a cabeça para o lado direito.

Eu pensava o que responderia quando a Luxúria abrisse aqueles lábios maravilhosos, talhados pelo bisturi de Deus, e perguntasse.

Eu não fazia a menor idéia sobre o que a Luxúria perguntaria, mas certamente a Luxúria perguntaria algo.

Eu imaginava que a Luxúria era uma Deusa do Sexo e do Amor, o Casamento do Céu e do Inferno, uma Druida capaz de ler os augúrios nos espasmos do Gozo Supremo, uma Sacerdotisa Tântrica conhecedora de todos os caminhos que levam ao Palácio do Prazer, uma Sereia capaz de seduzir todos os tripulantes da Nau de Ulisses.

A Luxúria virou lentamente a cabeça para o lado direito e disse: Meu pai morreu há cinco dias.

O pau de Eu amoleceu na hora.

Antes que Eu pudesse responder qualquer coisa Ela disse: Era professor de Português. Feríssima em gramática. Não se tornou milionário mas ganhou um bom dinheiro fazendo um programa na televisão com dicas sobre a nossa língua portuguesa e prestando consultoria para executivos de multinacionais.

Antes que Eu pudesse dizer qualquer palavra de conforto Ela tirou um livro de dentro da bolsa.

Está muito pesada. Você pode segurá-lo para mim enquanto vou ao toilette?

Antes que Eu pudesse responder, Ela depositou o livro em seu colo e partiu em direção ao toalete.

Eu parecia mergulhado em um estado de letargia. Era como se uma bruma fina flutuasse diante de seus olhos, uma aglomeração de gases azuis e brancos, turvando as imagens da realidade que chegavam até sua retina.

Eu não sabia ao certo se aquela sensação estranha era provocada pelo efeito do baseado ainda ativo em seus neurônios ou pela aparição daquela mulher magnífica, daquela figura mítica, algo entre a Sabedoria e a Luxúria.

Eu poderia jurar que seu rosto irradiava uma luminosidade jamais vislumbrada por nenhuma criatura, nem pelas sacerdotisas egípcias dos cultos de Osíris, nem pelos xamãs siberianos, acostumados a fenômenos estranhos, nem pelos mais experientes mestres do bramanismo, quanto mais por aqueles pobres seres mortais, hipócritas e mesquinhos, que mantinham suas bundas grudadas nos assentos ao redor, aguardando o anúncio do embarque.

Sentindo-se, ele mesmo, um ser especial, uma criação inigualável da hierarquia mais elevada dos arcanjos, uma figura mítica, Ícaro, talvez Narciso ou mesmo um Humphrey Bogart qualquer, Eu baixou os olhos e leu na capa do livro pousado em seu colo: *O Poder do Mito — Joseph Campbell.*

Um tanto displicente, certo de que nenhuma palavra daquele livro pudesse revelar algo que ele desconhecesse, ele, conhecedor dos segredos e poderes de todas as palavras já pronunciadas, Eu abriu em uma página ao acaso e leu: *Há uma história maravilhosa sobre o deus da Identidade, que disse: "Eu sou". E assim que disse "Eu sou", teve medo. Porque passou a ser uma entidade no tempo. Então pensou: "De que eu poderia ter medo se sou a única coisa que existe?". E assim que o disse, sentiu-se solitário, e quis que houvesse outro ali, e então sentiu desejo. Aí cindiu-se, dividiu-se em dois, tornou-se macho e fêmea, e originou-se o mundo.*

A QUEDA

O avião parado na pista de aterrissagem parecia um pênis ereto pronto para levantar vôo e penetrar na carne macia das nuvens.

A frase surgiu do nada, inteira, quando Eu atravessava a porta de vidro do portão 2. Uma boa frase para iniciar um capítulo do meu próximo livro — Eu pensou. Sem titubear, enfiou a mão direita no bolso do paletó, alcançou o bloco de anotações e anotou, palavra por palavra, enquanto caminhava pela pista, rumo ao boeing da Vasp. O céu estava limpo, de um azul escandaloso. Nem uma nuvem sequer.

No meio do caminho desta vida
me vi perdido numa selva escura
solitário, sem sol e sem saída.

Eu não estava perdido, apenas meio doido devido ao baseado que fumara antes de sair do apartamento, e não fazia a menor idéia por que raios surgiram em sua mente aqueles versos de Dante Alighieri no momento em que o boeing da Vasp começava a penetrar na carne das nuvens. Era o início do Canto I do Inferno, Eu sabia. Lera a tradução por acaso, na casa de um amigo, o livro dando sopa dentro do bidê, enquanto defecava uma pasta marrom e mal-cheirosa. Nunca mais esquecera aquele fluxo de palavras, uma percutindo na outra:

Tal como a gente rica perde a cor
quando sente a fortuna abandoná-la,
que só sabe chorar a sua dor,

assim a fera me deixou sem fala,
e, vindo ao meu encalço, a Loba atroz
me encurralava lá, onde o Sol cala.

De qual porão escuro e empoeirado do cérebro surgem estas lembranças, repentinas como o bote de uma cascavel, fragmentos escritos há séculos por um homem talvez caolho e corno, sabe-se lá a que horas do dia ou da noite, sabe-se lá se embalados pela embriaguez de um bom vinho ou se desenhados pelo labor árduo e sistemático de um gigante que domina todos os truques da arte da escrita? E que estranho processo de transmigração de idéias se desencadearia secretamente fazendo com que os versos pensados por um homem imerso nas trevas do século 13 chegassem até minha cabeça exatamente neste momento em que estou sentado na poltrona de um boeing, a 7 mil metros de altura, voando rumo a São Paulo? Mesmo estes pensamentos, por que me invadem, por que fazem do meu cérebro uma câmara de ecos repetindo frases que eu jamais ouvi? Será que existe um narrador onipresente capaz de orientar todas as atitudes, os desejos, os medos, as dúvidas e até os pensamentos de todos os personagens deste planeta, estejam eles onde estiverem, sem que essas pobres criaturas saibam ou sequer se dêem conta? Será que este narra

Os pensamentos de Eu foram bruscamente suspensos, como os de um guilhotinado, o baque surdo da lâmina ainda nos ouvidos, os olhos esbugalhados olhando o espasmo de pavor e gozo da multidão.

Primeiro fez-se um estrondo. Depois um solavanco violento. Em seguida, urros de pânico, gritos desesperados, gemidos, súplicas de socorro. O avião sacudiu tão forte que muitos passageiros tiveram seus corpos arremessados em direção à poltrona da frente. Pessoas se agarravam, as unhas cravadas no braço do desconhecido ao lado, invocavam o nome de Deus, gritavam que não queriam morrer. Seriam capazes de qualquer pacto para salvar a pele. De sua cadeira, bem ao lado da asa direita do boeing da Vasp, Eu conseguia ver um homem de terno e gravata, decerto rico, perdendo a cor.

Eu sentia o coração batendo dentro dos tímpanos, um fluxo nervoso, líquido grosso, viscoso, pronto para entrar em erupção e ser lançado por todos os poros, por qualquer fenda possível. O pânico tornava a mente uma televisão descontrolada, flashes explodiam numa sucessão vertiginosa de imagens e estilhaços de frases, bombas de significado que transformavam paisagens em ruínas. *Sei que cheguei ao pé de uma montanha, lá onde aquele vale se extinguia, que me deixara em solidão tamanha.* Como na tela mental de um suicida que rememora em fração de segundos todas as cenas marcantes de sua vida enquanto despenca do 15º andar até chegar ao auge da saturação suportável, subitamente Eu sentiu o corpo inteiro relaxado, tronco e membros moles, a cabeça mergulhada na brancura de uma folha de papel intacta. *Então a angústia se calou, secreta, lá no lago do peito onde imergira a noite que tomou minha alma inquieta.*

Foi quando viu um senhor de barbas brancas, em pé na extremidade dianteira do corredor do avião. À sua frente, um jovem de cabelos longos, loiro, de costas. Entre os dois, uma mulher vestida apenas com uma canga transparente. Os dois discutiam, a mulher observava, lânguida, sensual, olhos de deusa egípcia. Uma loira lindíssima, cabelos longos, repicados nas pontas, um certo ar selvagem.

— Eu lhe dei a luz, Filho. Não se esqueça que deve a mim tudo o que você é.

— Eis o motivo da minha revolta. Você vive cobrando o que deu a mim, a todos nós. Você me criou, mas eu não sou seu escravo.

— Eu os criei por amor, Filho.

— Ou por medo da solidão?

— Eu existo acima do medo, da solidão e da dúvida. Você sabe disso.

— Então por que Vossa Excelência se enfurece tanto à menor menção de que queremos traçar nossos próprios caminhos?

— Não seja irônico, Filho.

— Teremos que viver eternamente sentados nestes tronos tediosos, respeitando a estúpida hierarquia celeste, criada por um Pai misericordioso? A verdade é que você teme o caos, desde o princípio. O caos é vida, meu Senhor. E você teme a vida porque não quer que as coisas fujam ao seu controle.

— Como você pode dizer que eu temo a vida se fui eu quem a criou?

— Esta hierarquia tediosa e estúpida não é vida.

— Então o que é a vida, caro Portador da Luz?

— Ei-la, bem a sua frente. Lilith é vida.

— Você não sabe o que diz. Esta mulher vai corromper tudo o que for vida. Vai trazer a dor, o medo, a inveja, a cobiça, a vingança. É isso o que você chama de vida? É esse caos de sentimentos mesquinhos, rasteiros, indignos? Eu criarei a humanidade e ensinarei a todos o caminho da felicidade eterna. Uma vida digna de criaturas moldadas a minha própria imagem e semelhança, verdadeiramente vivas, como eu e você.

— Oh, Grande Criador, Senhor Dos Destinos De Todas As Criaturas, Onisciente De Todos os Enredos, Aquele Que Pode Estar Em Todos Os Lugares Ao Mesmo Tempo, Sempre Pastoreando As Suas Ovelhas, Conduzindo O Seu Rebanho, Controlando Suas Ações E Até Mesmo Seus Pensamentos. Conheço a ladainha: No Princípio era o Verbo. Depois fez-se a Verborragia.

— Sua insolência me enfurece.

— E se essas criaturas moldadas à sua imagem e semelhança também se cansarem deste estado tedioso a que você chama de vida? E se elas resolverem comer do fruto do conhecimento? Se elas desejarem os prazeres da carne? Se elas quiserem pensar com suas próprias mentes? O que o Grande Pai Misericordioso fará com suas amadas criaturas? As expulsará do Paraíso com um anjo vingador empunhando uma espada de fogo? As destruirá com fogo e água? Mandará suas amadas criaturas imolarem seus próprios filhos como prova de fé? Mandará os Justos lavarem a honra do Pai com o fio da espada, sem poupar tanto homens como mulheres, tanto meninos como velhos, também os bois, ovelhas e jumentos? E aos que insistirem na desobediência, os ameaçará com torturas inimagináveis por toda a eternidade? É isto, Grande Pai Misericordioso?

— Minha misericórdia é que me faz suportar suas blasfêmias sem castigá-lo, Lúcifer.

— Não, você suporta minhas blasfêmias porque teme meu poder.

— Pobre Filho. Você não sabe o que diz.

— Você teme meu poder porque sabe que eu também sou capaz da Criação. Eu criei Lilith, a verdadeira mãe da humanidade.

— Esta mulher só trará promiscuidade e desobediência para a humanidade. Olhe para ela.

— Olhe você para Lilith. Por que nunca a olha de frente? Tem medo de desejá-la?

— Cale-se, Lúcifer.

— Você teme deixar sua condição divina pelo amor carnal de uma mulher? Você teme sentir as vibrações provocadas pelo corpo de uma mulher excitada? Você teme sentir vontade de penetrá-la?

O jovem de cabelos longos, loiro, foi arremessado dois passos para trás com a bofetada do senhor de barbas brancas. A distância, o velho não parecia tão forte. Assim que se recompôs, o jovem voltou a falar, quase gritando.

— Eu renuncio à minha condição celeste, meu Senhor. Prefiro a vida. Prefiro me misturar entre os homens e mulheres. Prefiro ser um deles. Me expulse, Senhor, como você tornará a fazer com todos aqueles que ousarem te desobedecer.

— Eu te amo, meu Filho. Quero você ao meu lado.

— Eu também te amo, meu Pai, mas prefiro viver minha própria vida.

Antes que o senhor de barbas brancas pudesse retrucar qualquer coisa, o jovem de cabelos longos, loiro, foi sugado por um buraco que abriu-se na fuselagem do boeing da Vasp, e precipitou-se das alturas. Dezenas de outros jovens, muito parecidos, que até então não haviam sido notados por Eu, também foram sugados pelo buraco, e igualmente se precipitaram das alturas. Apenas a mulher vestida com a canga transparente permanecia diante do senhor de barbas brancas, olhando-o fixamente nos olhos. Com um fio de ternura na voz ela por fim falou ao senhor de barbas brancas:

— Eu ensinarei a todos a arte de amar.

Em seguida, também foi sugada pelo buraco aberto na fuselagem e precipitou-se das alturas.

Eu estava olhando fixamente o senhor de barbas brancas parado na extremidade dianteira do corredor do avião. Duas lágrimas deslizavam pelas suas faces lisas, cada uma vinda de um olho. O velho parecia muito triste e só. Eu sentia enorme compaixão pelo velho. Pensava em levantar-se e andar em sua direção, tomar suas mãos, beijá-las e enredá-lo num abraço. Estava mesmo quase se levantando quando sentiu a mão delicada apertando com força sua mão. Vai dar tudo certo, ouviu uma voz muito próxima do seu ouvido. Sim, vai dar tudo certo, respondeu, sem saber direito o que estava falando.

Pela janela do avião Eu podia ver a pista de aterrissagem e sete caminhões do corpo de bombeiros estacionados nos gramados. Havia também ambulâncias e, mesmo a distância, era possível notar um clima de nervosismo entre aqueles homens de capacete e fardas vermelhas. Todos olhavam para o céu, em direção ao avião, de onde Eu olhava pela janela.

Quando meu pai morreu eu levei todos os livros dele para minha casa, Ela disse. Eu podia notar que Ela estava nervosa, nem tanto pelo tom que imprimia nas palavras, mas pela maneira como Ela apertava a mão de Eu. O avião balançou violentamente e Ela apertou a mão de Eu com mais força ainda. Estava quase machucando, para dizer a verdade. Eu adoro livros. Gosto de sentir o cheiro do papel, de deslizar os dedos pelas capas e lombadas. Ai, Meu Deus do Céu. O avião balançou com violência novamente. Eu adoro todos os livros do Beckett, Ela gritou, quase esmagando os dedos de Eu. Você leu *Primeiro Amor*? Acho genial a maneira que Beckett vai construindo e desconstruindo o enredo ao mesmo tempo, Ela gritou, ainda mais alto, quase histérica.

Os pneus do boieng da Vasp tocaram a pista de aterrissagem do aeroporto de Congonhas e os caminhões dos bombeiros e as ambulâncias dispararam atrás dele, todos com as sirenes desligadas.

Da sua poltrona, bem ao lado da asa direita do boeing da Vasp, Eu conseguia ver o homem de terno e gravata, decerto rico, ainda sem cor.

O homem de terno e gravata, decerto rico, ainda sem cor, foi o primeiro a saltar por sobre os passageiros sentados nas poltronas vizinhas e correr para a extremidade dianteira do corredor, quando o boeing da Vasp parou na pista de aterrissagem do aeroporto de Congonhas.

Os caminhões dos bombeiros estacionaram junto ao boeing da Vasp, formando duas colunas, uma de cada lado. As ambulâncias estacionaram do lado esquerdo, próximas às portas de saída do boeing da Vasp.

As comissárias de bordo pediam calma, diziam que estava tudo bem, não havia mais perigo algum.

Os passageiros, exceto o homem de terno e gravata, decerto rico, ainda sem cor, se moviam em câmera lenta, despertos de um pesadelo.

Ela ainda segurava a mão de Eu, os dedos entrelaçados aos dedos dele.

Ela era algo entre a Sabedoria e a Luxúria.

DEPOIS DA QUEDA

Ao descer do táxi, Eu caminhou dois passos em direção à porta do hotel Della Volpe, tropeçou em um monte de lixo, o monte de lixo gemeu, resmungou algo incompreensível, virou-se de lado e voltou a dormir.

O monte de lixo era Eles.

ONDE ANDARÁ CLARA CROCODILO?

São Paulo, 31 de dezembro de 1999. Falta pouco, pouco, muito pouco, pouco mesmo para o ano 2000. Eu acendeu o baseado, segurou a fumaça nos pulmões por alguns instantes e soltou uma baforada que impregnou todo o quarto. O cheiro de maconha podia ser sentido no corredor. *E você, ouvinte incauto, que no aconchego de seu lar, rodeado de seus familiares, desafortunadamente colocou este disco na vitrola. Você que agora aguarda ansiosamente o espocar da champanhe e o retinir das taças. Você, inimigo mortal da angústia e do desespero, esteja preparado... o pesadelo começou.* No segundo tapa, Eu sentiu um leve tremor nas mãos. *Sim, eu sei, você vai dizer que é tudo fruto da sua imaginação, que você andou lendo muito gibi ultimamente. Mas então por que suas mãos tremeram, tremeram, tremeram tanto, quando você acendeu aquele cigarro?*

E por que você ficou tão pálido de repente? Será tudo isso fruto da sua imaginação? O telefone tocou e Eu teve um sobressalto, um susto mesmo. O coração batendo rápido. Alô. Alô. Pam-pam-pam-pam-pam. *Não, meu amigo, vá ao banheiro agora, antes que seja tarde demais.* Eu lavou o rosto na pia do banheiro e, ao sair, sem saber exatamente por que, deu uma olhadela atrás da porta. *Porque nesse mero disco que você comprou num sebo, esteve aprisionado por mais de 20 anos, o perigoso marginal, o delinqüente, o facínora, o inimigo público número 1, C-l-a-r-a--C-r-o-c-o-d-i-l-o.*

A voz catatônica vazava das caixas de som, batia nas paredes e entrava diretamente nos ouvidos, agulhando os tímpanos com acordes e timbres esquisitos. Que estranha narrativa era aquela? Eu nunca ouvira nada parecido. A saga de um office-boy que tocava guitarra na garagem de um amigo nos finais de semana. Durango era o nome dele. Naquele sábado brumoso, garoa fina caindo no asfalto, ele estava depressivo, sem nem um tostão no bolso, sozinho no sofá da quitinete. Foi naquele sofá empoeirado, naquela noite de sábado, que Durango cometeu o primeiro erro: ligou a TV. O segundo erro, imprudência maior, veio logo em seguida: Durango prestou atenção nas imagens que estavam sendo transmitidas. *Oh, não, era Perpétua, sua antiga namoradinha. Mas ela era apenas... ela era apenas... uma simples caixa num supermercado.* Como aquilo podia ter acontecido?

De uma simples caixa de supermercado a chacrete famosa? Uma chacrete linda, mascando chiclete, rebolando e olhando pra ele. Sim, pra ele, Durango!!! *Se você quiser possuí-la novamente vai ter que arranjar muito dinheiro, Durango. Como era mesmo aquele anúncio no jornal? Durango, aquele anúncio no jornal.* Não foi difícil lembrar-se do anúncio: se você quiser tornar-se ídolo de uma banda de rock, procure-nos. Durango anotou o endereço numa Colomy, enfiou o papel no bolso da capa preta, surrada, e desceu as escadas quase correndo. O casarão ficava numa rua escura, havia uma escultura sombria no portal de entrada, um executivo de terno e gravata, segurando um disco de platina na mão direita, sendo enrabado por um punk, cabelos espetados e cílios pintados de preto. Durango sentiu os pêlos do braço arrepiados, mas entrou assim mesmo. *Uma enfermeira bonita, gostosa, falou assim pra ele: venha aqui, querido, que eu vou te dar uma injeção...* Mas... *especial...* Mas... *você vai...* Mas... *flutuar...* Mas você não... *injeção...* quer que... *especial....* eu toque algo... *você vai...* na guitarra?... *flutuar...* Bem que Durango pensou em virar as costas e sair correndo dali, mas antes que pudesse girar os calcanhares sentiu uma picada no braço, o sangue borbulhando, uma onda quente e vibrante percorrendo sua nuca e se espalhando por todo o corpo. *E ele flutuou. Sim... flutuou para longe dali, envolvido numa sensação deliciosa. Mas o que ele não sabia é que estava sendo transformado num terrível monstro mutante, meio homem, meio réptil, vítima de um poderoso laboratório multinacional, que não hesitou em arruinar sua vida para conseguir seus maléficos intentos. Os cientistas haviam calculado tudo, mas o que eles não sabiam era que aquele ser disforme conservava parte de sua consciência. E logo todo o seu poder se transformou em fúria e violência sobre-humanas. Os cientistas foram os primeiros a conhecer sua ira. Depois, toda a cidade estremeceria ao ouvir falar em Clara Crocodilo.*

Sim, uma narrativa estranhíssima. Eu tinha certeza que jamais ouvira algo parecido.

O telefone tocou novamente. Eu quase vomitou o coração. Puta que o pariu! Mais um susto desses e eu vou fazer minha carteirinha dos Assustados Anônimos.

Sim, uma narrativa estranhíssima. Eu tinha certeza que jamais ouvira algo parecido.

O telefone tocou novamente. Eu quase vomitou o coração. Puta que o pariu! Mais um susto desses e eu vou fazer minha carteirinha dos Assustados Anônimos.

Eu esperou o terceiro toque e atendeu.

— Senhor, o táxi já chegou.

— Tudo bem, já estou descendo.

Eu estava intrigado com aquela música emitida pelos alto-falantes. Pegou o telefone, discou 3224-3636 e escutou uma voz estridente, típica de adolescente que acabou de entrar na idade adulta:

— Redação.

— Eu gostaria de falar com Ela.

— Qual Ela?

— Como assim?

— Tem pelo menos 40 Elas aqui. Com qual delas você quer falar?

— Desculpe, eu ligo depois.

Assim que colocou o fone no gancho, Eu lembrou que Ela anotara no cartão o número direto. Só dou esse número a pessoas especiais, Ela dissera na lanchonete do aeroporto de Congonhas, enquanto tomavam um café. Discou novamente: 3224-6363.

— Folha de S. Paulo.

— Quem fala?

— Ela.

— Oi, Ela.

— Quem fala?

— Eu.

— Oi, Eu. Não pensei que você fosse ligar tão rápido.

— É que eu estou intrigado com uma música que estou ouvindo no rádio.

— Ah, sim. Qual música?

— Não sei o nome. Tem um personagem que se chama Clara Crocodilo. Narra a história de um office-boy que

— Eu conheço essa música.

— Conhece? Como se chama o autor?

— Arrigo Barnabé.

— Arrigo Barnabé?

— Isso.

— E onde eu encontro o CD desse cara, com essa música?

— Desista, você não vai encontrar em lugar nenhum. É um disco raríssimo. Mas eu posso gravar uma fita, se você quiser.

— Quero, sim.

— Olha, hoje à noite tem uma festa de um amigo, um antropólogo. Você quer ir? Eu levo a fita.

— Eu topo.

— A que horas termina sua entrevista na televisão?

— Acho que por volta da meia-noite.

— Então eu te apanho no estúdio.

— Você é uma fada.

Assim que largou o fone no gancho, Eu ouviu a voz catatônica nas caixas de som: *Onde andará Clara Crocodilo? Onde andará?*

Eu girou a chave na fechadura e caminhou até o elevador.

Eu não podia imaginar que Clara Crocodilo estivesse próximo, muito próximo dali.

VALE A PENA TROPEÇAR DE NOVO?

Ao atravessar a porta do hotel Della Volpe, Eu caminhou cinco passos em direção ao táxi, tropeçou em um monte de lixo, o monte de lixo gemeu, resmungou algo incompreensível, virou-se de lado e voltou a dormir.

O monte de lixo era Eles.

Primeiro erro: tropeçar no monte de lixo outra vez.

Segundo erro: prestar atenção ao resmungo incompreensível do monte de lixo.

Veja por onde anda, idiota, o monte de lixo resmungara.

ESTRANHAS COINCIDÊNCIAS

Eu estava ligeiramente feliz e meio doido, viajando no banco traseiro do táxi. Eu estava ligeiramente feliz por estar se dirigindo ao programa *Letra Viva*, onde daria uma entrevista, e meio doido por ter fumado um baseado antes de sair do apartamento do hotel Della Volpe.

Eu estava viajando no banco traseiro do táxi quando.

Que coincidência! Não podia ser! A mesma música tocando no rádio do táxi, a voz catatônica vazando pelos alto-falantes: *Onde andará Clara Crocodilo? Onde andará? Será que ela está roubando algum supermercado? Será que ela está assaltando algum banco? Será que ela está atrás da porta do seu quarto, aguardando o momento oportuno para assassiná-lo com os seus entes queridos? Ou será que ela está adormecida em sua mente esperando a ocasião propícia para despertar e descer até seu coração... ouvinte meu, meu irmão?*

O senhor conhece essa música?

O motorista não disse nada.

Ei, senhor, essa música. O senhor conhece essa música?

O motorista não disse nada.

Mas esboçou um sorriso entre dentes. Dentes estranhos, por sinal. Eu pôde notá-los pelo retrovisor. Se não estivesse tão louco, viajando no banco traseiro do táxi, poderia jurar até que eram uns dentes pontiagudos.

Eu estranhou o gorro que o motorista usava. Um gorro que cobria todo o rosto, deixando à mostra apenas os olhos e a boca. Um gorro como aqueles usados pelos motoqueiros, rappers ou terroristas.

Eu estranhou os olhos exageradamente vermelhos do motorista, vistos pelo retrovisor.

Eu estranhou a voz cavernosa do motorista quando ele acendeu o cigarro e perguntou: Você fuma?

Eu estranhou o cheiro de maconha que impregnou o táxi.

Eu estranhou sua própria voz quando respondeu Não, obrigado. Uma voz cavernosa. Uma voz vinda de um LP tocando na vitrola em rotação lenta.

Eu estranhou quando o motorista girou o botão do rádio mudando de estação.

Eu estranhou não o gesto do motorista, mas a música que estava tocando na outra estação.

Clara Crocodilo fugiu, Clara Crocodilo escapuliu. Vê se tem vergonha na cara e ajuda Clara seu canalha. Olha o holofote no olho. Sorte, você não passa de um repolho.

A mesma voz catatônica.

Eu tinha certeza que a maconha pode causar estados alterados da mente. Mas isto já era coincidência demais.

É, tem horas que a gente se sente como um repolho, Eu riu, quase ao mesmo tempo em que percebeu um livro de capa vermelha na outra extremidade do banco traseiro. *Cidades da Noite Escarlate*, William Burroughs.

Eu abriu o livro na página 36 e leu as frases grifadas com tinta verde fosforescente:

... como todos sabem, acredita-se que a imensa cratera no que é agora a Sibéria seja conseqüência da queda de um meteoro. Também se teoriza que esse meteoro trouxe a referida radiação. Outros suspeitam que pode não ter sido um meteoro, mas sim um buraco negro, uma abertura na estrutura da realidade, através da qual os habitantes dessas cidades antigas viajaram no tempo para um impasse final.

O táxi estacionou a sete passos do portão da emissora de TV.

Ao descer do táxi, Eu caminhou dois passos em direção ao portão da emissora de TV e tropeçou em algo diferente de um monte de lixo. Na verdade, não foi bem um tropeção. Sentiu o sapato encaixar-se direitinho em uma cavidade no calçamento de pedra. Quando tirou o pé, viu que era um buraco raso no calçamento. Um buraco negro, com a mesma forma e o mesmo tamanho da sola do seu sapato. Que estranho!

O motorista do táxi balbuciou com a mesma voz cavernosa: Nada é estranho quando a estrutura da realidade se abre, meu chapa.

Depois arrancou devagar, sorrindo um sorriso entre dentes.

A ENTREVISTA

Eu estava sentado em uma poltrona confortável. Ao seu redor, dispostos em círculo, os entrevistadores.

Eu estava ligeiramente feliz e meio doido. Eu estava ligeiramente feliz por estar ali, no programa *Letra Viva*, e meio doido por ter fumado um baseado antes de sair do apartamento do hotel Della Volpe.

Eu estava sentado em uma poltrona confortável, ligeiramente feliz, meio doido e com um pouco de frio, embora as luzes dos refletores esquentassem bastante o ambiente do estúdio.

A entrevista estava no comecinho quando Nós sintonizou o canal.

A Editora de Entretenimento da revista Veja: Você se chama Eu mesmo, ou é pseudônimo?

Eu: Eu me chamo Eu mesmo. Não é pseudônimo.

O Editor de Entretenimento da Folha de S. Paulo: Nome exótico, não acha?

Eu: Nem tanto. Poderia me chamar Ademir, Affonso, André, Arnaldo, Augusto ou Nelson. Daria no mesmo. Nomes, apenas nomes. O que interessa é saber quantas pessoas cabem em um nome. No meu caso, apenas uma. Por isso Eu é um nome bem apropriado à minha pessoa.

O Editor de Entretenimento do O Globo: E por acaso seu pai se chama Pronome Pessoal?

Eu: Não, não, meu pai não se chamava Pronome Pessoal. Meu pai se chamava Narrador e minha mãe Eu Lírica. Meu pai era escritor e minha mãe cantora de ópera. Ambos amadores. Nunca se preocuparam em aparecer.

O Editor de Entretenimento do O Globo: São vivos?

Eu: Não, morreram em um acidente. Foram atropelados por um artigo indefinido.

O Editor de Entretenimento do O Globo: Sinto muito.

Eu: Não tanto quanto eu. Você jamais saberá o que é se sentir órfão do velho Narrador e da acolhedora Eu Lírica. Eram grandes pessoas, ótimos pais.

A Editora de Entretenimento da Sucursal do The New York Times: Desculpe insistir, mas há outros nomes, digamos assim, incomuns na sua família?

Eu: Bem, lembro de uma tia-avó que gostava muito e até pedia quase aos prantos que a chamássemos de Analítica. Analítica Ambrosina Alfabética. Na verdade, chamava-se Comparativa. Mas, com o passar do tempo, e com a insistência dela, todos a chamavam de Analítica. Era muito divertida e extremamente disciplinada. Fazia estranhas conjurações numerológicas a partir das três iniciais do nome completo que inventara: AAA. Jurava que era a primeira mulher do mundo, a primeira habitante da Terra, anterior mesmo a Adão. Por insistir nessa tese com determinação leonina, acabou enfrentando sérios problemas com a cúria metropolitana de Aparecida do Norte, cidade que sempre visitava por ocasião das procissões de Corpus Christi e onde era muito conhecida. Seu caso foi parar no Vaticano e suscitou uma acalorada polêmica que chegou a envolver o próprio Papa. Se, de fato, Analítica Ambrosina Alfabética fosse a primeira mulher da Terra, anterior mesmo a Adão, como ninguém soube disso até hoje? — contra-argumentou o Vaticano. Porque são todos burros e desinformados — minha tia-avó respondeu numa lacônica correspondência endereçada ao próprio Santo Padre. A ousadia da resposta causou violenta reação do Vaticano que ordenou, em nome de Deus, que minha tia-avó se calasse para todo o sempre. Para que a ordem fosse cumprida com vigor e rigor, o Santo Padre nomeou uma comissão de eminentes cardeais para amordaçá-la e manter-se em vigília 24 horas por dia para que ela não ousasse arrancar a mordaça. Calada para todo o sempre, foi-lhe concedida a graça de ter a mordaça arrancada já no leito de morte para que pronunciasse suas últimas palavras. Sabem o que ela disse? Eu roguei uma praga pra cima do Papa! Disse isso e fechou os olhos. Ninguém jamais comprovou a verdade dos fatos — quanto à praga, não à morte da minha tia-avó — mas é sabido que o Papa passou a sofrer de um estranho cacoete: toda vez que levantava a hóstia durante os ritos sacros para consagrá-la ao Pai, ao Filho e ao Espírito Santo, repuxava a orelha direita de tal modo que até as velhinhas beatas da última fila não podiam deixar de notar. Devido a esse cacoete, dizem, o Papa passou a repuxar também as pregas (*sonoplastia de urgência: uma microvinheta, quase inidentificável, de* Stairway to Heaven, *do Led Zeppelin, encobre a voz de Eu*), o que acabou lhe causando um glaucoma no olho esquerdo.

O Secretário Estadual de Entretenimento de São Paulo: Em seus três livros publicados, nós percebemos muitas citações a outros escritores. Quais foram os que mais influenciaram na sua formação literária?

Eu: Na verdade, minha maior influência é a Bíblia. Os longos períodos dos meus primeiros livros devem muito ao ritmo das sentenças dos primeiros profetas. Aliás, fui alfabetizado lendo *Os Salmos*, por determinação da minha tia-avó. Apesar da praga que rogou ao Papa, ela era profundamente católica. Achava, sim, que o Papa é que não passava de um impostor. Quando queria tratar de assuntos divinos, minha tia-avó se dirigia diretamente a Deus.

A Editora de Entretenimento da Sucursal do The New York Times: E você concorda com a opinião de sua tia-avó?

Eu: Não concordo. Sou católico e respeito a hierarquia da Igreja. Mas penso que o Vaticano foi muito cruel com minha tia-avó. Afinal, era apenas uma velhinha, um tanto impertinente nestes assuntos, é verdade. Mas era uma velhinha. Apesar de impertinente, como já disse, era muito divertida e disciplinada.

Pernalonga (o apresentador do programa Letra Viva)*:* Mudando um pouco de assunto, está escrito na ficha que a produção me entregou que seu prato preferido é souflê de cenouras? Verdade?

Eu: Não, Pernalonga. Meu prato preferido é quiabo com galinha.

Pernalonga: Argh.

O professor de Semiótica da PUC de São Paulo: Você acredita que ainda é possível escrever romances. depois do *Finnegans Wake*, de James Joyce?

Eu: Penso que James Joyce é que não conseguiria escrever mais nada depois do *Finnegans Wake*.

(risinhos e gritinhos histéricos de todos os editores de entretenimento. O Secretário Estadual de Entrenimento de São Paulo quase solta um efusivo Bravo!*)*

O professor de Semiótica da PUC de São Paulo: Mas as experiências de Joyce não abrem perspectivas, ao menos, para novas maneiras de narrar?

Eu: Quer saber? Acho James Joyce um chato.

(*mais risinhos e gritinhos histéricos de todos os editores de entretenimento. Desta vez, O Secretário Estadual de Entretenimento de São Paulo não consegue se conter e solta um efusivo* Bravo!*, tão eloqüente que chega a assustar Mamãe Megafone — uma dócil velhinha conhecida em toda a vizinhança do Jardim Bonfiglioli por seu poderoso timbre de barítono —, que estava cochilando no sofá de sua casa diante do aparelho de televisão sintonizado no programa* Letra Viva.)

Não que Mamãe Megafone apreciasse programas de literatura. Nada disso. Sua distração era conversar com o canarinho que mantinha engaiolado no quintal. Todos os vizinhos compartilhavam de seus amáveis diálogos com o pássaro, mesmo que não quisessem, diga-se, pois sua voz podia ser ouvida com facilidade três casas à direita, três à esquerda, três ao fundo e, se duvidassem, até pelo carteiro que passava pela rua todas as manhãs entregando as correspondências.

Em suas conversas matinais com o canarinho, Mamãe Megafone sempre demonstrava um profundo amor pelo pássaro. Oh, meu querido, você está tão tristinho hoje. O que aconteceu? O que aconteceu? Você está sentindo falta de uma namorada? Oh, meu amorzinho. Você tem a Mamãe. Pode dizer para a Mamãe. Diga, meu amorzinho: você está tristinho por falta de uma companheira? Não fique triste, lindinho.

Mamãe está aqui para cuidar de você. Canta pra mamãe, canta. O canarinho respondia aos mimos de Mamãe Megafone com lindas melodias, às vezes um tanto melancólicas, cantadas em canarês.

O marido de Mamãe Megafone morrera havia quatro anos.

Um dia o canarinho também morrerá, sem que ninguém saiba o motivo. Depois desse trágico episódio, Mamãe Megafone se mudará para Santos e passará a criar um papagaio.

Mamãe Megafone ainda não sabe de nada disso.

(Os vizinhos também não sabem que jamais existiu um canarinho engaiolado no quintal. Na verdade, Mamãe Megafone é uma exímia ventríloqua.)

Sentada diante da televisão, acordada de seu digno descanso pelo efusivo e eloqüente *Bravo!* emitido pelo Secretário Estadual de Entretenimento de São Paulo, Mamãe Megafone passa a olhar para o aparelho de TV.

A Editora de Entretenimento da revista Veja: Como bem lembrou o sr. Secretário Estadual de Entretenimento de São Paulo, aliás, eu queria aproveitar a oportunidade para parabenizá-lo pela excelente gestão à frente da Secretaria Estadual de Entretenimento...

O Secretário Estadual de Entretenimento de São Paulo: Por favor, por favor, senhorita, eu apenas estou cumprindo minha obrigação de entreter os cidadãos. É meu dever público.

A Editora de Entretenimento da revista Veja: E está entretendo muito bem, senhor Secretário. Meus parabéns.

O Secretário Estadual de Entretenimento de São Paulo: Obrigado, obrigado.

A Editora de Entretenimento da revista Veja (voltando-se para Eu): Bem, em seus três livros publicados, nós percebemos muitas citações a outros escritores. Este procedimento está se tornando muito comum na pop music, sabe? Os caras sampleam músicas de outros caras e resulta numa coisa muito bacana, sabe? A sua literatura segue pelo mesmo caminho? É uma ficção sampleada, digamos assim?

Eu: Nós estamos vivendo num tempo em que somos bombardeados por informações o tempo todo. Televisão, jornal, discos, livros, outdoors, internet, é muita informação.

A Editora de Entretenimento da revista Veja: É verdade, sabe?

Eu: Tenho absoluta certeza de que em nenhuma outra época da história nós tivemos um acúmulo tão grande de informação.

A Editora de Entretenimento da revista Veja: É verdade, sabe?

Eu: Essa quantidade de informação às vezes nos desnorteia.

A Editora de Entretenimento da revista Veja: É verdade, sabe?

Eu: Então, eu penso...

A Editora de Entretenimento da revista Veja: Eu também penso, sabe?

Pernalonga: Eeeeeeeeiiiiiiiiiii, velhinha. Quer calar a boca e deixar o nosso entrevistado falar?

A Editora de Entretenimento da revista Veja: Ah, desculpe, my Dear Little Rabbit.

Pernalonga: E não me chame de Little Rabbit. Meu nome é Pernalonga. Pernalonga, ouviu?

Eu: De modo que muitas vezes eu me sinto como um reciclador de lixo. Vou pegando tudo o que é jogado na lata de lixo da civilização, reciclo e devolvo para a sociedade.

O professor de Semiótica da PUC de São Paulo: Este procedimento, na verdade, não é nada novo. Vem se tornando muito comum na literatura moderna e pós-moderna. Escritores como Borges já...

A Editora de Entretenimento da revista Veja, O Editor de Entretenimento da Folha de S. Paulo, O Editor de Entretenimento do O Globo, A Editora de Entretenimento da Sucursal do The New York Times, O Secretário Estadual de Entretenimento de São Paulo: Quem?

O professor de Semiótica da PUC de São Paulo: Borges, Jorge Luis Borges.

A Editora de Entretenimento da revista Veja, O Editor de Entretenimento da Folha de S. Paulo, O Editor de Entretenimento do O Globo, A Editora de Entreteni-

mento da Sucursal do The New York Times, O Secretário Estadual de Entretenimento de São Paulo: Ah, sim.

O professor de Semiótica da PUC de São Paulo: Borges escreveu muitos textos incorporando textos de outros autores, muitas vezes reescrevendo esses textos. O escritor norte-americano William Burroughs também se utiliza muito desse recurso. Nós o chamamos de inter-textualidade.

A Editora de Entretenimento da revista Veja, O Editor de Entretenimento da Folha de S.Paulo, O Editor de Entretenimento do O Globo, A Editora de Entreteni-mento da Sucursal do The New York Times, O Secretário Estadual de Entretenimento de São Paulo: É, intertextua-lidade. Este é um recurso muito moderno.

Eu: Exatamente. Eu ouso dizer, inclusive, que isso que o senhor chama de intertextualidade vai se tornar cada vez mais comum na literatura, devido ao acúmulo de informações disponíveis hoje em dia. Muitas vezes pensamos com o pensamento de outros.

O professor de Semiótica da PUC de São Paulo: Você diria então que nossa individualidade é formada por uma soma de várias outras individualidades?

Eu: Isso.

O professor de Semiótica da PUC de São Paulo: Você diria também que hoje em dia é quase impossível ser original?

Eu: Isso.

O professor de Semiótica da PUC de São Paulo: No entanto, o conceito de originalidade ainda é muito importante para a grande maioria da crítica.

Eu: Eu diria que a grande maioria da crítica não tem a menor originalidade.

A Editora de Entretenimento da revista Veja: Eu também diria, sabe?

Pernalonga: Não começa!

O professor de Semiótica da PUC de São Paulo: Em seus livros chamam a atenção o ritmo veloz e a estrutura cinematográfica. Os personagens, muitas vezes, parecem figuras típicas de histórias em quadrinhos. Você tem especial apreço pelos quadrinhos?

Eu: Tenho, tenho sim. *V de Vingança*, dos ingleses Alan Moore e David Lloyd, é absolutamente genial, uma obra-prima. *Moonshadow*, *Sandman*, *Orquídea Negra*, também. Eu não entendo por que os escritores contemporâneos ainda não prestaram atenção nestas histórias em quadrinhos.

O professor de Semiótica da PUC de São Paulo: Talvez porque os quadrinhos ainda não são vistos como grande arte.

Eu: A grande arte que se foda.

Pernalonga: Ei, velhinho, nós estamos em um programa de televisão.

O professor de Semiótica da PUC de São Paulo: Outra característica muito marcante em seus livros é a confusão entre realidade e ficção. Você acredita que os limites entre a ficção e a realidade estão se tornando cada vez mais tênues?

Eu: Eu penso que a realidade é uma ficção construída diariamente.

O professor de Semiótica da PUC de São Paulo: Construída por quem?

Zap.

As imagens de um cinegrafista amador mostram o interior de uma casa de chão batido. Seis homens negros, com fardas de camuflagem, armados com fuzis AR-15, circundam uma mulher jovem, também negra, de uns 29 anos, estirada no chão.

Zap.

O vocalista, o baixista e o guitarrista da banda Metallica jogam a cabeça para a frente e para trás, balançando freneticamente suas vastas cabeleiras. A banda toca mais um megassucesso transmitido ao vivo pela MTV. Não seria má idéia ceder minha casa para os ensaios de uma banda heavy metal. Enquanto tocam, eles podiam ir espanando o pó dos livros, das prateleiras e das mesas com os cabelos, Nós pensa, e esboça um sorriso de canto de boca.

Zap.

Pergunta valendo 40 mil reais — diz o apresentador Silvio Santos. Quem foi Albert Einstein?

1) Um astronauta

2) Um presidente dos Estados Unidos

3) Um físico

4) Um ator de cinema

Caramba! Que moleza faturar quarentinha — pensa Nós.

Zap.

A mulher chora e grita de desespero. Os seis homens fardados apontam os fuzis para ela, enquanto outro homem, também fardado, com as calças abaixadas até o joelho, a estupra.

As imagens estão tremidas.

Nós senta-se no sofá e não consegue despregar os olhos da tela da TV.

A mulher chora, desesperada.

O homem fardado se levanta, olha para a câmera e arreganha os dentes, num riso pervertido.

As imagens estão tremidas.

Continue filmando, desgraçado, as legendas acompanham a fala sincopada do homem fardado.

O homem fardado tira um punhal da bainha atada à cintura e ajoelha-se diante das pernas abertas da mulher. A mulher está com a vagina ensangüentada.

O homem fardado enfia o punhal na vagina da mulher. Ela se contorce, grita desesperada, as imagens tremem.

Continue filmando, porco imundo, diz a legenda, traduzindo a voz de um outro homem, que está fora do enquadramento.

O homem fardado empurra o punhal para cima e vai abrindo o ventre da mulher. O sangue jorra. A mulher emite gritos inumanos. Os outros homens fardados a seguram pelos braços e pelas pernas. A câmera cai.

Meu Deus, o que é isso?, Nós murmura, em estado de choque, sentado no sofá da sala.

A tela mostra um homem de terno azul e gravata da mesma cor, num tom um pouco mais claro. Ele fala em francês. As legendas na parte inferior da tela traduzem suas palavras: Estas cenas horripilantes foram gravadas em uma aldeia tutsi, em Ruanda, na África. Os homens fardados são da etnia hutu, inimiga dos tutsis. O cinegrafista era o próprio marido da mulher estuprada e morta. Depois de filmar o assassinato da própria mulher, ele foi espancado e teve seu pênis amputado pelos guerrilheiros hutus.

Chocado com as imagens que acabara de assistir, Nós pressiona novamente o botão do controle remoto.

Zap.

A câmera se desloca por um campo de refugiados sérvios na Albânia. Mostra uma criança de cabelos claros, não mais que oito anos de idade, esparramada no chão, morta, moscas pousadas nas pálpebras.

Meu Deus, o que é isso?

Nós pressiona mais uma vez o botão do controle remoto.

Zap.

Pernalonga: Eeeeeeeeeiiiiiiiiiiiiiiiiiiiiiiiiiiiii, velhinha, se você não parar com esse negócio de sabe? sabe? sabe? eu vou chamar os Piratas do Capitão Gancho para dar um jeito em você. E você sabe que o Capitão Gancho é malvado, é terrível, é cruel, muito, muito, muito, muito cruel. Ele adora amarrar as menininhas, wooomp, fazê-las andar pela prancha do navio e, rá-tá-tá-tá, empurrá-las para o fundo do mar, tchibuumm. E nem sempre o Peter Pan aparece para salvar as menininhas, ainda mais uma menina chata como você.

A Editora de Entretenimento da revista Veja: Nossa, Little Rabbit, como fosse está irritado hoje.

Pernalonga: É, estou sim, velhinha. E pare de me chamar de Little Rabbit.

O Editor de Entretenimento da Folha de S. Paulo (rindo): Mas essa é boa, mesmo. Quer dizer que Pernalonga vai se tornar astro de Hollywood? Nada mal contracenar com Magic Johnson, hein, Perna?

Pernalonga (irritado): Olha aqui, velhinho, se você não sabe, eu JÁ SOU um astro de Hollywood, entendeu? Além do mais, não sou eu o entrevistado desta noite. O entrevistado é Eu.

Caramba, acho que eu estou muito louco, mano. O que o Pernalonga está fazendo no meio daqueles malucos, mano?

Eles estava diante de um painel formado por 24 aparelhos de televisão, todos ligados no mesmo canal, na vitrine das lojas Arapuã, no centro de São Paulo. Sua barriga roncava. Entorpecido pela falta de algo sólido no estômago e pela cola de sapateiro que acabara de cheirar, não entendia nada do que aqueles homens e mulheres falavam, mas se entretia com a imagem de Pernalonga entre eles.

Individualidade... originalidade... intertextualidade... As palavras penetravam nos ouvidos mas não significavam nada para Eles.

Eles tinha 13 anos. Escapara recentemente de uma unidade da Febem, após uma rebelião. Há uma semana estava de volta às ruas. A mãe morava em um barraco em São Miguel Paulista. Eles odiava o padrasto. O pai morrera assassinado pela polícia quando Eles tinha três anos. Cinco tiros. Um deles entrou pelo olho direito e deixou um rombo na parte posterior do crânio.

Na Febem, Eles era estuprado com freqüência pelo bambambã da cela 28, um garoto de 17 anos. Era obrigado a ficar de quatro, as mãos segurando as bordas do vaso sanitário, inalando o cheiro de merda e urina, enquanto bambambã da cela 28 o enrabava. Eles não falava nada. Não chorava. O bambambã da cela 28 até pensava que Eles gostava de ser enrabado. Parecia um garoto delicado.

Quando estourou a rebelião, Eles correu até a marcenaria e roubou uma machadinha. Os garotos empilharam colchões e meteram fogo. No meio da confusão, um grupo de 15 garotos conseguiu saltar os muros da Febem e fugir. Chamaram Eles. Eles não disse nada.

Uns 30 garotos corriam pelo corredor, tentando escapar do fogo e da fumaça. Conseguiram arrombar uma porta no final do corredor e atravessar para o pátio interno. Eles viu o bambambã da cela 28 correndo para os fundos do pátio. A machadada acertou a coxa direita. O bambambã da cela 28 caiu. Os olhos frios fitaram os olhos de Eles. Não havia frieza nos olhos. Havia pânico. Pelo amor de Deus, não me mate. Eles tirou um frasco de álcool de dentro da camisa e encharcou o corpo do bambambã da cela 28. Os garotos em volta gritavam Mata, Mata, Mata esse desgraçado. Pelo amor de Deus, não faça isso. Nós fugiremos juntos, eu vou te proteger. Você não vai fugir, filho da puta. Você vai pro inferno. O céu estava cinza, carregado de poluição. Eles acendeu o palito de fósforo e jogou. O bambambã da cela 28 gritou. A pele se dissolvia, como um potinho de iogurte sendo derretido pelo calor das chamas. Morre, desgraçado. O bambambã da cela 28 rolava pelo chão, gritava de dor, os olhos saltando das órbitas. Pânico na íris. Eles ergueu a machadinha e desferiu um golpe com toda a força. Sentiu uma vertigem, a cabeça girando, os joelhos quase se dobraram. Lembrou da mãe catando piolhos na sua cabeça. Eles adorava quando a mãe afagava seus cabelos, mesmo que fosse apenas para catar piolhos. Eles agarrou os cabelos do bambambã da cela 28 e levantou a cabeça, separada do corpo. Mande lembranças ao Cão, filho da puta. Eles rodopiou a cabeça do bambambã da cela 28 e a jogou por cima do muro da Febem. A cabeça rolou pelo mato ressequido e caiu dentro de um córrego de águas negras, pesadas, que exalavam um cheiro fétido. Eles conseguiu escalar o muro e fugir com um grupo de mais 12 garotos antes que a polícia chegasse.

Diante do painel formado por 24 aparelhos de televisão, todos ligados no mesmo canal, na vitrine das lojas Arapuã, no centro de São Paulo, Eles se divertia com os olhos esbugalhados de Pernalonga.

Pernalonga: Se você não parar com esse negócio de sabe? sabe? sabe? eu vou enfiar uma cenoura na sua boca.

Ah-ah-ah-ah-ah-ah-ah. Isso mesmo, Pernalonga, enfie uma cenoura na boca dessa chata. Ah-ah-ah-ah-ah-ah-ah. Eles levou o saco de plástico até as narinas e puxou o ar com força. Sentiu uma vertigem, a cabeça girando, os joelhos quase se dobraram.

HORA DE TIRAR A MAQUIAGEM

— Você estava brilhante — a maquiadora falou, passando o algodão no rosto de Eu.

— Também, com toda essa maquiagem — Eu brincou.

— Estou falando sério, bobinho.

— Como é seu nome?

— Tu, mas pode me chamar de Você.

— Aposto que você tem uma irmã chamada Vós.

— Acertou.

— E ela prefere ser chamada de Vocês?

— Não. Ela é muito formal.

Eu fixou o espelho e viu uma loira lindíssima, cabelos longos, repicados nas pontas, um certo ar selvagem, debruçada sobre ele, passando um algodão em seu rosto. Não era a mesma pessoa que o maquiara antes da entrevista. Não, não é mesmo, pensou. A outra também era loira, mas não tinha nada de especial. Uma loira qualquer, como milhões de outras. Esta era diferente. Uma mistura de Brigitte Bardot dos velhos tempos com Kathleen Turner. Eu jurava que a vira antes, em algum lugar. Onde? Talvez em *Crimes de Paixão*. Sim, inesquecível a personagem de Kathleen Turner naquele filme. China Blue, uma prostituta. Que puta! Eu seria capaz de ficar trancado com aquela puta durante 100 dias, metendo dia e noite. *Cem dias de Sodoma e Gomorra* com China Blue. Nada mal.

— E sua irmã é tão bonita quanto você?

Você corou. Eu pôde notar através do espelho.

— Diria que é mais misteriosa.

Você jogou o algodão no cesto de lixo. Eu continuou fixando o espelho. Você percebeu que Eu a contemplava através do espelho.

— Você já ouviu falar de Lilith? — Você perguntou, olhando Eu nos olhos, através do reflexo do espelho.

— A primeira mulher de Adão?

— Sabia que Lilith mora nos espelhos?

— Como você, neste momento?

— Depois que abandonou o Éden, Lilith foi morar numa caverna próxima ao Mar Vermelho. Tornou-se amante de muitos demônios. A entrada da caverna era tapada por um espelho. Através dos espelhos, Lilith e a legião de demônios atravessam para o mundo dos humanos. Quando querem voltar para a caverna, entram no espelho mais próximo. É o que diz a lenda judaica.

As luzes do camarim piscaram. Uma, duas vezes. Na terceira, apagaram-se. Alguns segundos apenas. Quando tudo voltou a ficar claro, Eu não entendeu o que viu.

Na cadeira, diante do espelho, estava sentada Você. Eu estava em pé, às suas costas. Você era linda, tinha um certo ar selvagem e os olhos vermelhos; e não era aquele vermelhão típico de quem acabou de fumar um baseado. Os dois se olhavam, olhos nos olhos, através do espelho. Eu viu sua própria boca se abrindo e perguntando, com uma voz que não era sua:

— Afinal, quem é você?

— Eu sou Você — a loira respondeu, também com uma voz que não era dela.

As luzes se apagaram novamente. Alguns segundos apenas.

Eu levantou a cabeça e olhou novamente para o espelho. Agora havia duas mulheres às suas costas, uma em cada lado da cadeira.

— Hora de se divertir, escritor. A festa nos espera — Ela piscou o olho.

Antes de sair do camarim, Eu olhou mais uma vez para o espelho. Sim, eu já vi essa mulher antes. E não foi em *Crimes de Paixão*.

OS PRIMEIROS SINAIS
SÃO QUASE IMPERCEPTÍVEIS

— Quem é ela? — Ela perguntou, assim que girou a chave de ignição e antes que engatasse a primeira.

— A maquiadora da TV.

— E como ela se chama?

— Você.

— Podia ter nos apresentado.

— É, podia.

Eu estava com os olhos fixos no sinal vermelho do semáforo. As palavras brotavam independentes da sua vontade. Apenas respondia, como se obedecesse a um comando que estivesse fora do seu alcance, como se alguém controlasse os impulsos elétricos do seu cérebro, fizesse o ar passar pelas suas cordas vocais e sair pela boca em sons claros, objetivos e compreensíveis. Parecia que Eu simplesmente obedecia a vontade de uma outra pessoa, uma força oculta, uma entidade divina ou, quem sabe, demoníaca. Hipnotizado pelo vermelho do semáforo, Eu reuniu todas as forças e falou quase sem querer.

— Estou começando a achar algo estranho nesta história. Não sei. Os nomes. Eu me chamo Eu. Você se chama Ela. Ela se chama Você.

— O que há de estranho nisso? Há muitos Eus, Elas e Vocês por aí.

O sinal abriu.

É, o que pode haver de estranho nisso?

Verde. Siga em frente.

VAMOS VER SE VOCÊ CONSEGUE ME SEGUIR NESTE LABIRINTO

Ela tirou um baseado do maço de Marlboro e ofereceu a Eu. Pega leve, é haxixe. Um amigo trouxe do Senegal.

O vento brincava com grãos de poeira na sarjeta. Levantava ciscos, envolvia-os numa dança, uma dança na qual não se via o dançarino, apenas o efeito de seus rodopios, a dama entregue aos braços de um deus, uma nobre Condessa descendente do melhor sangue russo sendo conduzida por uma entidade invisível, inocente das conseqüências deste deixar-se levar pela vida, pela dança, pela valsa vienense, pelo trágico bandônion de um tango argentino, doce criança rodopiando no limite de uma geleira, o oceano Ártico lá embaixo, impassível como um tigre à espera da presa.

Você acha que vai conseguir me agarrar? Pois então, tome... A mesma voz catatônica saltava dos alto-falantes do carro. Timbres de trompetes, saxofones, trombones, teclados, guitarras elétricas, baixo, bateria, formavam uma áspera cortina sonora, um monstro dissonante açoitando com suas escamas as paredes dos tímpanos.

Esta música, de novo. Não é possível!

É possível, sim. Eu disse que gravaria pra você.

As ruas pareciam o labirinto do Minotauro. O carro dobrava esquinas, atravessava avenidas, subia ladeiras, letreiros passavam, Casa das Louças, Lojas Arapuã, El Kabongue, Jardins de Alah, viaturas de polícia com as sirenes violentando a delicadeza hipócrita da madrugada, a Praça Vermelha logo ali na frente, a Torre Eiffel enfeitada de luzes para o Natal, o mosteiro budista Zuiou-ji do outro lado da alameda. O carro deslizava como um ornitorrinco e parecia imóvel no mesmo lugar. A paisagem é que se movimentava. O carro estava parado, o vento rodopiando grãos de poeira do lado de fora da janela.

Você que é tão espertinho, vamos ver se consegue me seguir neste labirinto. O trumpete levantava uma parede sonora do lado esquerdo, o saxofone sinalizava o fim do corredor, cuidado, rápido, vire à direita, e à direita havia uma nota gorda de trombone, esperando no meio da passagem com um monstruoso ponto de interrogação estampado na camiseta. Sim, os instrumentos criavam um intrincado labirinto sonoro. Enquanto o ouvinte tentava encontrar a saída, atrapalhado com as paredes espelhadas, cascatas de rés, dós e mis, maiores, menores, acordes dissonantes, escalas invertidas, o monstro mutante dava no pé. E o coro zombeteiro anunciava em manchetes garrafais na primeira página: *Clara Crocodilo fugiu, Clara Crocodilo escapuliu.* E você, ouvinte meu, meu irmão, desesperado nos abismos do labirinto, tentando encontrar um fio de poeira filtrado pela luz solar através de uma fresta mínima que fosse.

Arrigo Barnabé. Esse cara sabe das coisas.

Ele sabe muitas coisas que você não sabe, Ela tirou-o do labirinto com sua voz de Deusa Maia e o mergulhou em algo ainda pior.

Mas o pior até que era engraçado.

O pior era um redemoinho e no centro do redemoinho o carro girava como um simples cisco, um grão de poeira a mais.

O carro rodopiava ao redor dele mesmo e as fachadas das casas passavam velozes como um filme americano, daqueles cheios de aventura e ação, *Missão Impossível II,* um thriller desses, projetado numa tela cinemascope, Ayrton Senna a 350 por hora no circuito de Mônaco, e aqueles três marcianos pintados na parede de uma oficina mecânica, olha lá, eles estão saltando da parede, redondos e baixinhos, a carona toda verde, narigão de porco e anteninhas pregadas na testa, nossa, eles estão nos seguindo, veja como são simpáticos, aquele ali, parece o elefante da lata de extrato de tomate da Cica, eles possuem pistolas automáticas de raio laser, pá-pá-pá, vou te acertar com meu desintegrador de moléculas venusiano, ei, aquele gordão, ele está apontando a pistola em nossa direção, o outro ali, o magricela de macacão cor-de-cenoura, ah-ah-ah, ele não pára de dar cambalhotas, ei, gordão, cara de mamão, ei, magricela, bunda de varicela, não, oh, por favor, não atire, você é tão simpático, Ela, Ela, abaixe-se, ele vai atirar, ele vai atir

O raio laser acertou em cheio a testa de Eu.

Aroga êcov iav rev o euq iav recetnoca, atoidi — o gordão gritou, mostrou a língua e saltou de volta para a parede da oficina mecânica.

— Chegamos, senhor escritor — a voz de Ela parecia vir de longe, do meio das estepes geladas da Sibéria, as vogais chegando primeiro que as consoantes.

— Hã?

— Vamos? A festa parece animada.

A FESTA

Eu era decididamente um péssimo observador. Vivia vendo coisas, mas isso são outros quinhentos. Nem percebeu o Land Rover estacionado na garagem. Passou direto pelo amplo jardim gramado, com três palmeiras imperiais, três ipês roxos e um frondoso pau-brasil. Havia uma estranha escultura em um dos cantos do jardim. Um pouco escondida, é verdade. Uma mulher de pedra branca, com gavetas saindo de suas pernas, uma faca enfiada na testa, cabelos longos, repicados nas pontas, um certo ar selvagem, os braços terminando em galhos. Ao seu lado, um tigre.

Eu não vi escultura alguma.

Eu era decididamente um péssimo observador mas quando entrou na sala, seus olhos foram imediatamente atraídos por uma frase pichada na parede:

"Temo que nunca nos livraremos de Deus, posto que ainda acreditamos na gramática".

Foi a primeira coisa que notou na festa. A segunda foi Você.

Mas como ela chegou antes de nós?

Eu parecia um zumbi parado no meio da sala, os olhos atravessando os convidados e colidindo de frente com aqueles peitos emoldurados por um delicado tecido azul-claro, o decote mais mostrando do que escondendo. Quem a olhasse ali, parada, uma escultura viva de Michelangelo, não diria que se tratava de uma maquiadora de programas de televisão. De jeito nenhum. Diria que era uma nobre Condessa descendente do melhor sangue russo, uma diva do Olimpo hollywoodiano, uma, uma.

Eu ainda tentava encontrar um substantivo, não, um adjetivo, melhor, uma cascata de palavras perfumadas com o melhor Chanel para explicar ao próprio cérebro o que seus olhos estavam vendo enquanto era puxado por Ela pelo braço.

Quando se deu conta, estava no jardim dos fundos da casa. Eu, este é Nós, o anfitrião, Ela falou. Eu olhou diretamente nos olhos de Nós, enquanto segurava sua mão e balbuciou: O que quer dizer aquela frase? Que frase, Nós não demonstrou o menor espanto. Aquela frase pichada na parede da sala. Desculpe, que eu saiba, não há nenhuma frase pichada na parede da sala.

Como não?, Eu agarrou o braço de Nós e o conduziu por entre os convidados. O que é aquilo ali? Um avião colidindo com o Himalaia? Aquilo o quê?

Não havia frase nenhuma. Como? Acabei de ler ali naquela parede: "Temo que nunca nos livraremos da gramática, posto que ainda acreditamos em Deus". Ah, uma frase do Nietszche. Mas é o contrário: "Temo que nunca nos livraremos de Deus, posto que ainda

Antes que Nós concluísse a sentença, Eu já estava flutuando em direção àquela escultura viva de Michelangelo, parada diante de um homem de meia-idade, a taça de vinho a dois dedos da boca, adeus Nietzsche, Deus, gramática e aquelas malditas palavras que estavam pichadas na parede e sumiram sem deixar vestígios, vocês que se danem. Eu estancou a cinco passos daquela sétima maravilha do mundo, esfregou os olhos, fixou aqueles peitos e não entendeu. A mulher era a mesma, os peitos, o decote, tudo conferia. Mas o vestido era vermelho.

Cara, você é muito estranho, Ela sussurrou no ouvido de Eu.

Estranho? Estranho é o que estou vendo. Aquela mulher.

O que há de estranho naquela mulher?, Ela perguntou, sem olhar para aquela mulher.

Aquela mulher é Você.

Como aquela mulher sou eu? Pirou?

Não, não é você. Não estou falando de você, você. Estou falando dela.

Eu percebi, Ela retrucou, com um brilho de navalha nos olhos.

Estou dizendo que ela é Você. Você, a maquiadora. A maquiadora.

A maquiadora do programa *Letra Viva*. Acabei de apresentá-la a você. Quer dizer, acabei de não apresentá-la a você.

Certo, eu não sou a Catherine Deneuve, você não é o Marcello Mastroianni, mas ela é Você, a maquiadora. E daí, porra?

E daí que ela estava com outro vestido. Acabei de vê-la, há menos de dois minutos, e ela estava com um vestido azul-claro.

Olha, Eu, se quiser falar comigo eu estarei lá no jardim, ok?, Ela emendou, o brilho de navalha ainda mais intenso nos olhos.

Eu encontrou Ela debruçada sobre uma mesa de vidro, uma nota de 50 enfiada na narina, sniff, sniff, sniff. Ela levantou a cabeça e, sem perceber quem estava ao seu lado, passou a nota de 50. Eu passou a nota para um magricela de camisa de bolinhas e gravata-borboleta. Do outro lado do jardim vinha um batuque tribal. Ela saiu dançando, freneticamente. Eu foi atrás.

Ela balançava o corpo inteiro, remexia os quadris, os braços para cima, os peitos flutuando debaixo da blusa, a luz vinda de trás, de um refletor parafusado no chão, filtrava o tecido fino da saia e projetava na tela do cérebro de Eu a maravilhosa figura de uma calcinha preta.

Ela estava bem ali, na frente de Eu, requebrando os quadris e ondulando o corpo como uma serpente.

Ela era algo entre a Sabedoria e a Luxúria.

A Sabedoria vestia uma blusinha preta, colada ao corpo e estava sem sutiã. A Luxúria vestia uma minissaia vermelha, colada ao corpo e estava com uma calcinha bem pequena, entrando na bunda. A Sabedoria tinha coxas de ébano e bunda de madrepérola.

Eu se requebrava como podia na frente de Ela. Ela girava, ondulava o corpo, encostava a bunda na virilha de Eu, esfregava, mexia os quadris com sensualidade. O batuque tribal parecia subir pelas pernas, percorrer o tronco, se apossar dos braços e explodir nos 50 mil neurônios, uma força emergindo do meio da floresta, um rito de iniciação aos novos filhos de Iansã, os olhos faiscando ante a luz das fogueiras, a vingança do corpo contra a razão.

Ela virou-se de frente e agarrou com as duas mãos o rosto de Eu. Quer experimentar uma dose de Sabedoria e Luxúria?, Ela disse, bem perto, os lábios exalando um perfume de magnólia. Não deu nem tempo de Eu responder. Ela sabia o que fazer com a língua.

Sem saber por que, Eu lembrou que o pai de Ela fôra professor, coisa mais imbecil para se pensar num momento desses, mas tantas coisas estranhas já aconteceram desde que acordei nessa maldita manhã ensolarada, uma a mais, uma a menos, tanto faz, quem se importa, e quem domina os impulsos do cérebro quando os sentidos se vingam da razão, doce razão, doce pai que engendrou em seus testículos uma criatura como esta, doce professor, meu mestre amado, sim, um professor de gramática, foi o que Ela dissera no primeiro encontro, alguns capítulos atrás, quer dizer, ontem, não, hoje mesmo, ah tempo, tempo, tempo, és um senhor tão bonito.

Quando deu por si, Eu estava dentro do banheiro, Ela com as mãos apoiadas na pia, a calcinha preta nos calcanhares, o corpo inclinado para trás, de costas, a minissaia vermelha levantada, aquela bunda de madrepérola rebolando no pau de Eu, ah, meu tesão, mete esse pau gostoso, aaahhhhhh, aaaaaaaaahhhhhhhhhhh, Ela rebolava, abria mais as pernas, ondulava o corpo como uma serpente, a Sabedoria encarnada num corpo de mulher, a Luxúria com coxas de ébano, as mãos nos peitos, a língua deslizando na nuca, aquele momento era um obelisco à paz mundial, um monumento de glória da humanidade que deveria ser eternizado pelas lentes de um Bob Wolfenson, como diria o dramaturgo Mário Bortolotto.

Uns vinte minutos no banheiro e os convidados se multiplicaram na festa.

O jardim estava cheio de celebridades, chiques e famosos: o jogador de futebol Marcelinho Carioca, a ex-dançarina de axé-music Carla Perez, as cantoras Gal Costa, Maria Bethania e Daniela Mercury, Patolino, o senador Antonio Carlos Magalhães, os compositores Gilberto Gil e Caetano Veloso, as atrizes Malu Mader, com seu marido Toni Belotto, e Marilyn Monroe, com seu marido, quem era mesmo o marido da Marilyn Monroe?, Minnie, com seu marido Mickey, Peter Pan, Sininho e Xuxa, com sua filha Sasha, e muitos outros superstars, todos comendo bolinhos de bacalhau e empadinhas de palmito.

Eu deslizava pelo jardim ao lado de Ela e ouviu, ou, pelo menos, teve a impressão de ter ouvido Nós comentando com o magricela de camisa de bolinhas e gravata-borboleta: Eles devem estar na festa errada. Não tenho amizade com nenhuma dessas pessoas.

O magricela de camisa de bolinhas e gravata-borboleta piscou um olho e arregalou o outro: Mas esta não é a festa do Washington Olivetto?

Quem é Washington Olivetto?, Eu perguntou a Ela.

É um dos publicitários mais poderosos do Brasil, você não conhece?

Não.

Ele mora no quarteirão de baixo.

Ah!

Mas o país tem uma democracia para isso, Eu escutou o senador Antonio Carlos Magalhães falando docemente para Patolino, enquanto engolia uma empadinha de palmito. Temos eleições a cada quatro anos para escolher quem vai governar.

É, agora senhores como o senhor descobriram que democracia é um ótimo negócio. Os publicitários também adoram a democracia. Por eles, haveria uma democracia em cada esquina. E eleições de seis em seis meses, de preferência, resmungou Patolino, os olhos estatelados.

Veja, Patolino, o presidente Fernando Henrique Cardoso conseguiu um segundo mandato e a oposição foi derrotada pregando algo diferente. Em tese, a maioria estava concordando com o modelo, não?

Eu engoliu mais uma empadinha de palmito e permaneceu a alguns passos do senador, palitando os dentes.

A oposição não ganhou porque o poder econômico usou todos os instrumentos que tinha a seu alcance — comunicação, propaganda e dinheiro, berrou Patolino.

Mas isso não é do jogo? Não é a democracia?, o senador questionou com extrema delicadeza.

Usar poder econômico, comprar deputados,

manipular a imprensa, ter o monopólio da propaganda — isso é a democracia que o senhor defende?

Pois bem, nós teremos eleições daqui a dois anos. O que você pretende fazer com o povo, Patolino?

Fazer com o povo! Olha como o senhor fala.

Está bem, está bem. O que você pretende fazer pelo povo? O nosso tão querido e amado povo brasileiro.

Distribuição de renda. Com uma distribuição de renda justa dá para garantir a sobrevivência digna de todos os brasileiros.

Não seja injusto, disse o senador, com sua habitual docilidade. Nós distribuímos milhões de cestas básicas todos os meses. Estamos garantindo a sobrevivência do povo.

É, Patolino, o senador está certo, palpitou a ex-dançarina de axé-music Carla Perez. O próprio presidente Fernando Henrique disse que o povo agora está comendo muito mais pato do que nos governos passados.

Pato? — gritou Patolino, os olhos ainda mais estatelados, fumaça saindo das narinas.

Quer dizer, frango. Frango, remendou a ex-dançarina de axé-music Carla Perez.

Calma, Patolino, você está muito revoltado, aproveitou o jogador de futebol Marcelinho Carioca. Cada um está fazendo a sua parte. Eu oro muito a Jesus, para que ele ilumine minhas jogadas e eu consiga fazer muitos gols. Cada gol que faço eu dedico às crianças pobres.

Estou dando muita alegria a essas pobres criancinhas. Mais que isso, dou o exemplo a elas de como se tornar um vencedor.

É, e as botinadas que você distribui nos adversários? São em nome de Jesus também?, retrucou Patolino, fumaça saindo pelas narinas e pelas orelhas.

Claro, claro. Botinadas cristãs, sem nenhuma intenção de ofender.

Enquanto tentava agarrar mais uma empadinha que estava do outro lado da mesa, Eu quase foi atingido na têmpora por uma fala perdida:

Quer dizer que o trabalho do jornalista é o de retratar a realidade todos os dias?

Quem estaria fazendo uma pergunta dessas no meio de uma festa? — Eu pensou.

Quem estava fazendo uma pergunta dessas no meio da festa era Pateta, que chegara acompanhado de Clarabela.

A pergunta ia em direção aos ouvidos de um rapaz oriental, com topete cheio de gel e óculos de enormes aros vermelhos.

Isso é o que se acreditava no século passado. Hoje, com o avanço das tecnologias de comunicação, tudo mudou. Veja: para você entender melhor, Pateta, vamos comparar o trabalho do jornalista ao do cozinheiro

— o rapaz oriental propôs, a voz meio enrolada, as vogais tropeçando nas consoantes. — O cozinheiro pega vários ingredientes e prepara um prato, certo?

Certo.

Depois pega vários pratos e prepara um jantar, certo?

Certo.

O trabalho do jornalista é semelhante. Digamos que ele cozinha a realidade diariamente, entendeu? — concluiu o rapaz oriental, com uma gargalhada escandalosa, que Eu não soube identificar se era de cinismo ou de caipirinha de vodka.

Mais ou menos — respondeu Pateta, meio confuso.

Mickey Mouse, amigo íntimo de Peninha, o grande repórter de Patópolis, portanto, muito mais inteirado da problemática do jornalismo contemporâneo, não se conteve e se intrometeu na conversa:

E como você cozinha a realidade no seu jornal?

Eu não cozinho — disse de pronto o rapaz oriental, com topete cheio de gel e óculos de enormes aros vermelhos. — Ela já vem pronta. É só esquentar no microondas e servir aos convidados, quer dizer, aos leitores. São os avanços da tecnologia, meu caro Mickey. Disse e soltou outra gargalhada tão escandalosa que gerou protestos na vizinhança, além de ameaças de chamarem a polícia.

Após uma intensa negociação de 30 segundos, intermediada pelo senador Antonio Carlos Magalhães (o senador disse docemente que se não calassem a boca colocaria o Exército nas ruas), os vizinhos foram dormir e Mickey pôde perguntar ao rapaz oriental, com topete cheio de gel e óculos de enormes aros vermelhos:

E como você se sente no exercício da sua profissão: um jornalista ou um cozinheiro?

Ah, eu me sinto como você, Mickey: um superstar — respondeu e soltou nova gargalhada, ainda mais escandalosa do que as anteriores. Desta vez, nenhum vizinho protestou.

Os compositores Caetano Veloso e Gilberto Gil e as atrizes Malu Mader, e seu marido Toni Belotto, e Marilyn Monroe, e seu marido, quem era mesmo o marido da Marilyn Monroe?, conversavam animadamente sobre música, Hollywood e os encantos da Bahia.

Enquanto conversava, o compositor Caetano Veloso pensava que adoraria comer a atriz Marilyn Monroe. A atriz Marilyn Monroe, que atravessava uma crise no casamento, pensava que adoraria ser comida pelo compositor Gilberto Gil. O compositor Gilberto Gil não estava pensando que adoraria comer Marilyn Monroe, mas se Marilyn Monroe pedisse para ele comê-la, certamente ele a comeria, pois adorava comer mulheres loiras e lindas como Marilyn Monroe. A atriz Malu Mader não estava pensando que adoraria ser comida por Caetano Veloso nem por Gilberto Gil, pois amava seu marido Toni Belotto. O marido Toni Belotto não estava pensando em comer Marilyn Monroe, pois amava sua esposa Malu Mader. Mas se Marilyn Monroe pedisse para ele comê-la, seria muito difícil recusar o pedido, pois nenhum homem consegue recusar o pedido de uma mulher que quer ser comida, ainda mais se a mulher que está pedindo para ser comida for uma mulher loira e linda como Marilyn Monroe.

Tudo estava, enfim, transcorrendo com a habitual normalidade das festas.

Até que começou a carnificina.

De repente, os marcianos redondos e baixinhos, as caronas verdes, narigãos de porco e anteninhas pregadas na testa, invadiram a casa e passaram a disparar suas pistolas de raio laser, o gordão parecido com o elefante da lata de extrato de tomate da Cica no comando das tropas.

Primeiro, os convidados não entenderam nada. Depois, começou o corre-corre.

Mulheres gritavam oh! e desmaiavam. Os homens empunhavam palitos de dentes desembainhados das coxinhas de frango e tentavam defender seus pares.

Os raios cruzavam os ares, iluminando o bairro inteiro. Parecia uma chuva de fogos de artifícios, a entrada do Corinthians no Morumbi em decisão de campeonato.

Perplexo com aquela grave agressão à Segurança Nacional, o senador Antonio Carlos Magalhães se pôs corajosamente à frente das tropas dos convidados:

Eu ordeno que parem com este disparate.

Meuq é êcov, etnom ed ahnab? — respondeu o gordão parecido com o elefante da lata de extrato de tomate da Cica, comandante-em-chefe das tropas marcianas.

O senador não entendeu o que o gordão perguntou, mas achou por bem se apresentar:

Sou o senador da República Antonio Carlos Magalhães. Em nome do povo brasileiro, ordeno que parem com este disparate.

O disparo de raio laser o acertou em cheio na testa. O senador rodopiou três vezes em torno de si mesmo e caiu de bruços, o barrigão na grama, o corpo balançando como uma gangorra.

Grande performance, senador — gritou Patolino, entrincheirado atrás de uma palmeira.

O marciano mais alto e magro retirou do bolso do macacão uma clava inflável, soprou, soprou, soprou e sentou o porrete no cocuruto da ex-dançarina de axé-music Carla Perez. Atse ue uov ravel arap mim. Iv samu sotof aled an yobyalp. Mu oãtecub. Es ale oãn revloser ratnac saleuqa satsob ed éxa cisum, iav rad arp etneg es ritrevid etnatsab — Eu pôde ouvi-lo.

Os fogos continuavam pipocando no jardim.

Eu se protegia atrás de uma mesa forrada de coxinhas de frango. Ao seu lado estava, nada mais, nada menos que Pateta, agarrado à Clarabela.

Esta história está ficando perigosa, Eu disse.

Que nada. Isso acontece em todas as festas — retrucou Pateta, com autoridade de um expert. Eles chegam, disparam contra todo mundo e roubam o máximo de salgadinhos. Depois vão embora e todos ressuscitam. Tente se manter vivo para ver o espetáculo. Vale a pena.

Cinco ou seis meninas, pensando que podiam entreter os marcianos e fazê-los parar com aquele ataque despropositado, rebolavam e cantavam "bom-chi-bom-bom-bom-bom-bom" em um dos cantos do jardim.

Foram alvejadas na cabeça e desintegraram. Não sobrou nada, nem um pentelhinho para contar a história. Essas não ressuscitariam mais. Uma pena. Eram cantoras iniciantes, mas tinham uma carreira promissora pela frente. Ganhariam milhões de reais e doariam R$ 100 por ano para uma creche de crianças pobres.

O pau comia solto. Uma carnificina digna de filmes do Rambo.

Eu ainda não se dera conta de quem estava a seu lado, entrincheirado atrás da mesma mesa. Quando caiu a ficha, esfregou os olhos, piscou, piscou de novo e de novo, beliscou o braço: Meu Deus, é o Pateta. O grande, o único, o insubstituível Pateta, herói da minha infância.

Mesmo diante do belicismo bárbaro dos marcianos Eu não conseguiu conter a expressão de espanto:

Quer dizer que o Pateta existe mesmo? Pensava que você era apenas um personagem de ficção.

Eu pensava o mesmo de você, respondeu Pateta.

Por essa resposta Eu não esperava. Não esperava mesmo. Também não esperava pelo facho de raio laser que entrou por um ouvido, fez um incrivelmente rápido zigue-zague por todo o seu aparelho auditivo e saiu pelo outro ouvido.

Eu. Eu. Fala comigo!

Eu estava com a cabeça enfiada dentro do vaso sanitário, um bolo de vômito boiando bem diante dos seus olhos. Pedacinhos de massa de salgadinhos, palmito, ervilhas, frango desfiado, bacalhau, tudo misturado com uma pasta fermentada, cheiro azedo. Uma visão nada agradável, diga-se.

Hã?

Você está bem?

Acho que só preciso tomar um ar.

Vamos lá para o jardim.

Os marcianos já se foram?

Você está bem, mesmo?

Quando chegou no jardim Eu encontrou uma festa muito mais animada do que a que deixara, minutos atrás, ao ser atingido pelo disparo de raio laser. Os convidados se divertiam pra valer. Dançavam, bebiam, caçavam e, sobretudo, falavam, como se faz nas boas festas das melhores famílias: Nossa, ele tem um pau enorme, uma delícia, Aquela vaca vai ver só, E aí, gata, está sozinha? Vamos esticar uma gorda?, Agora que você chegou, estou bem melhor, Sabe o que eu fiz? Larguei meu marido e casei com o analista, Olha que bucetão, cara. Vez em quando alguém dizia algo totalmente inadequado para uma festa, despropósitos do tipo Kafka? Kafka é um dos maiores romancistas de todos os tempos, ou O erro de Lênin foi permitir a ascensão de Stálin, ou ainda, A Física Quântica comprovou cientificamente tudo o que os sábios antigos já sabiam. No aparelho japonês de CD rolava Frank Zappa.

Ei, onde eles foram parar? Onde estão eles? — balbuciou Eu, a voz voltando, lenta como um Corsa 1.0 na subida.

Eles quem? — perguntou Ela, sobrancelhas franzidas, típicas de personagens de telenovela quando querem demonstrar preocupação.

Os marcianos, o senador Antonio Carlos Magalhães, o Caetano Veloso, o Gilberto Gil, a Malu Mader, a Marilyn Monroe, o Pateta? Cadê o Pateta?

Ela olhou preocupada para Nós.

Nós cursara psicologia no passado, chegara a montar consultório, análise junguiana, mas desistira dos neuróticos, psicóticos e esquizofrênicos. Agora era um antropólogo, com grande conhecimento das mitologias indígenas e algum domínio de técnicas de feitiçaria.

Ela sabia disso. Eram grandes amigos há anos.

O olhar de Ela para Nós foi de quem pergunta, É grave?

Ele ainda não entendeu que não passa de um personagem de ficção, Nós cochichou bem próximo do ouvido de Ela, enquanto Eu percorria com os olhos toda a extensão do jardim.

No aparelho japonês de CD uma voz feminina dizia, entre notas flutuantes de guitarra elétrica:

Information is not knowledge
Knowledge is not wisdom
Wisdom is not truth
Truth is not beauty
Beauty is not love
Love is not music
Music is the best

Eu era decididamente um péssimo observador mas notou que agora tudo voltara à mais absoluta normalidade. Lá estava Você, no meio do jardim, uma escultura viva de Michelangelo, os peitos emoldurados por um, Eu olhou de novo para ter certeza, por um delicado tecido azul-claro, ufa!, o decote mais mostrando do que escondendo. Aqueles peitos deviam ter algum poder hipnótico. Impossível desgrudar os olhos.

Eu só desgrudou os olhos daqueles peitos hipnóticos porque foi puxado por Ela até a cozinha. Ela encheu um copo de água e ofereceu a Eu. Eu bebeu meio copo, parou estatelado, os olhos esbugalhados, o copo se estilhaçando no chão.

A normalidade durou pouco.

Da cozinha Eu pôde ver Você na sala, dançando, os peitos emoldurados por um, Eu olhou de novo, por um delicado tecido vermelho.

Você não está bem. Quer ir embora? Ela perguntou, delicadamente.

Não, quero um copo de vinho. Eu agarrou o primeiro copo que viu pela frente, encheu com vinho tinto e virou, uma golada só. Encheu de novo e virou. Mais um.

Ela estava pasma, parada diante de Eu.

Eu voltou para o jardim, Ela foi atrás. Eu respirou aliviado, a cor retornando às faces.

Você estava no meio do jardim, uma escultura viva de Michelangelo, os peitos emoldurados por um, Eu olhou de novo para ter certeza, por um delicado tecido azul-claro, ufa!, o decote mais mostrando do que escondendo.

Eu pensou em voltar para a cozinha e dali olhar para a sala. Desistiu. Vai que.

Ela percebeu que Eu estava hipnotizado pelos peitos daquela mulher. Ela passou o braço em torno do pescoço de Eu e foi conduzindo-o para os fundos do jardim.

Nos fundos do jardim havia um amplo escritório com estranhas máscaras penduradas nas paredes. Algumas representavam animais. Só que pareciam seres híbridos, meio animais, meio humanos, meio criaturas assustadoras. Aquela ali, por exemplo, parece um crocodilo, mas os olhos guardam algo de humano.

Dentro do amplo escritório estava Nós. Em volta de Nós, uma roda de homens e mulheres. Nós falava com entusiasmo e os homens e mulheres o escutavam com interesse.

Os suruí acreditam que, quando morrem, suas almas são obrigadas a atravessar o Marameipeter, o caminho que as leva até Palop, o Pai Ancestral — Nós relatava. Durante a jornada, enfrentam inúmeros perigos e provações. Uma dessas provações é encarnada por Lapoti, uma mulher imensa, que se coloca no meio do caminho, de pernas abertas, e engole os covardes com sua gigantesca vagina. As mulheres têm que transar com Gati, um homem de pênis enorme, descomunal. As fracas de espírito são arrebentadas pelo pau de Gati. É por isso que o pajé da tribo canta, dança e entra em transe durante os rituais fúnebres. Ele invoca os espíritos protetores para ajudarem as almas. Sabem quem é um desses protetores? O Tucano. É uma espécie de Anjo da Guarda das almas suruí.

Eu se interessou pelo relato de Nós. Sentou-se numa cadeira perto da porta e ficou ouvindo.

Eu conheci um desses pajés. Chama-se Dikboba. Aliás, tem um livro da Betty Mindlin, uma antropóloga aqui de São Paulo, em que Dikboba narra uma de suas viagens ao mundo dos espíritos, num ritual de iniciação. Nós correu os olhos na estante e encontrou o livro. *Vozes da Origem* — disse. Um livro fantástico. Abriu em uma das páginas e começou a ler:

Um dia, meu pai avisou que a reclusão findara — quando estão se iniciando, os futuros pajés ficam reclusos, isolados, numa pequena maloca. São proibidos de sair e de receber a luz do sol, Nós explicou. *Um dia, meu pai avisou que a reclusão findara,* — leu novamente — *e que eu ia poder sair, com a ajuda de outro pajé. Nesse dia, tive o meu sonho mais estranho, com Lakapoy, o dono dos caititus, um espí-rito poderoso, cuja casa é uma gruta escura, uma rocha muito pintada.*

A maioria dos povos indígenas encara o sonho como um sistema de percepção de outras camadas de realidade — Nós disse. Eles acreditam que o que chamamos de realidade é apenas uma das camadas das coisas da vida. Através do sonho eles podem perceber outras realidades e entrar em contato com o Todo e com um Eu maior, mais perceptivo, que existe dentro de cada um. Através dos sonhos a tribo pode, inclusive, receber sinais de como agir em determinadas situações. Eles levam isso tão a sério que entre alguns povos existe a chamada Roda do Sonho. Eles reúnem toda a tribo, fazem uma roda, e começam a contar os sonhos. E aquele sonho vai dando uma direção para o cotidiano da aldeia. Entre o povo krahô existe uma pessoa que é o sonhador da tribo. Se está acontecendo uma reunião em volta do fogo, ele deita com a cabeça voltada para a fogueira e dorme. Depois ele narra o sonho. A maioria dos povos indígenas acredita que o sonho é um momento de liberdade do espírito, quando o espírito vê tudo por todos os ângulos — Nós elucidou. Depois reabriu o livro e voltou a ler:

Lakapoy é um pai do mato; cuida da caça e faz as pessoas se perderem na floresta. Os pajés o invocam para que faça voltarem à aldeia os desaparecidos. Amoa, o jabuti, é seu animal de estimação, e desorienta os andarilhos, que os seguem e não sabem mais onde estão. Lakapoy faz as pessoas de quem gosta virarem gorá, espírito; mas sua aparência apavora. Lakapoy usa cobras venenosas como colar e como braçadeiras, e escorpiões debaixo dos testículos — solta-os para morder gente estranha. Eu se remexeu na cadeira. *Quem o vê, adoece, e só sara por obra de algum pajé.*

No meu sonho, Lakapoy, o espírito, que é dono do chiqueiro, lá no Gorakoi, entregou-me uma flauta pequena para eu soprar.

— Toque a flauta e agüente firme, tenha coragem, senão você morre mesmo! — avisou-me Paningap, um outro espírito. — Não se deixe assustar!

Soprei a flauta e abri a perna, e nessa hora apareceu uma vara de porcos do mato, escurecendo o dia, de tantos que eram, e passando no meio de minhas pernas... Eu arremedava os porcos com a flauta e eles vinham. Depois de um tempo, Lakapoy fechou o chiqueiro, dizendo que bastava.

Eu estava tão envolvido com aquela narrativa que nem percebeu Você entrando na sala e sentando-se em uma almofada com a estampa da Virgem segurando o menino Jesus.

Fizeram-me ir a um outro chiqueiro, dos porcos orodjug, onde também toquei flauta, fazendo-os passar entre minhas pernas, enquanto eu me mantinha firme e corajoso.

Mandaram-me ir, ainda, a um outro chiqueiro, dos porcos araiud. Arremedei os porcos com a flauta, e saíram, passando por mim. A certa altura, Lakapoy, o dono dos porcos, fechou o chiqueiro. Só os que haviam saído é que ficaram no mato, para as pessoas caçarem.

Ainda fui ao chiqueiro dos porcos karaud, e quando soprei, foram saindo para o mato, até os espíritos fecharem a porta de pedra.

Um dos pajés-espíritos previu que eu ia ter poderes grandes como pajé, pois tinha coragem rara para enfrentar porcos perigosos:

— Seu espírito vai muito longe quando eu mando, você trabalha bem, embora iniciante!

Soube que havia outros porcos, ainda melhores como caça para os homens, mas muito mais perigosos. Avisaram-me que eu ia ver e ouvir o mais terrível.

— Você tem coragem? Dizemos que são porcos, mas não são propriamente, são algo bem estranho!

Eu quis ir assim mesmo, e Paningap me disse para controlar o medo, pois desta vez seria pior, aterrorizante.

Eu continuava envolvido pela narrativa do pajé Dikboba. Nem percebia os peitos hipnóticos de Você emoldurados por um delicado tecido azul-claro.

Chegamos ao outro chiqueiro, e os espíritos me disseram que iam soltar os porcos. Soprei a flauta, eles abriram a porta para os animais... mas não eram porcos, mesmo, eram rajadas violentíssimas de vento.

— Venha procurar nossa terra! — os espíritos falaram aos habitantes do chiqueiro, e o vento arremeteu, fazendo caírem as árvores e tudo o que estava no caminho.

Paningap me exortava a agüentar e eu continuava a tocar a flauta. Uma árvore quase se abateu sobre mim, mas outro espírito segurou o vento a tempo, para eu não me machucar.

Outro espírito, ainda, puxou para trás a corda do vento, para que parasse, e não deixasse a árvore tombar.

O dono do vento puxou-o de volta para fechá-lo, para ele não mais sair. Chamaram-no como se fosse o porco vermelho, e tamparam-no outra vez no seu chiqueiro.

Recebi permissão de ir embora, e louvores à minha coragem.

— É melhor você nunca soltar o vento, senão vai matar os homens! Para você, era apenas um teste, para ver até onde ia sua firmeza, mas não queríamos te fazer mal! — explicaram os espíritos.

Nós fechou o livro. Um teste — Eu pensou. Pensou, ou pensou ter pensado.

Ela conversava animadamente com Nós a respeito de sonhos e mitos quando.

Uma Deusa do Vento, Uma Nobre Condessa do Melhor Sangue Russo, Uma Escultura Viva de Michelangelo, ela, Você, aqueles peitos emoldurados por um delicado tecido azul-claro. É ela, sim, é Você.

Você passou bem perto de Eu e sorriu. Continuou deslizando pelo amplo escritório, atravessou a porta, ganhou o jardim, passou pela porta da cozinha, subiu a escada da sala, andou até o fundo do corredor, abriu a porta, fechou, Eu a seguindo, hipnotizado, a porta, outra porta, a escada, o corredor, mais uma porta, Eu parado agora, ali, no fim do corredor, apenas uma porta, de cedro, talvez imbuia, pinho, uma droga de madeira dessas qualquer, a mão na maçaneta, o coração aos trancos e aquele maldito bêbado puxando a manga do paletó de Eu e perguntando Por obséquio, o amigo teria hic fogo?

Eu procurou no bolso direito, no esquerdo, enfiou a mão no bolso da calça e finalmente lembrou: Eu não fumo!

Não fuma? Hic. E esse cigarro hic aceso na sua hic mão?

É, e esse cigarro aceso na minha mão? — Eu balbuciou. O que este maldito cigarro aceso está fazendo na minha mão? Tó, pode ficar — Eu respondeu, irritado, o bebum parado à sua frente, tentando permanecer reto como um ponto de exclamação.

Eu não hic quero o seu hic cigarro. Só quero hic acender hic o meu hic — o ponto de exclamação retrucou, com ares de ofendido.

Os ares de ofendido vieram acompanhados de uma golfada de vômito que acertou em cheio os sapatos de Eu.

Ô meu amihicgo, o senhor queira me hic desculpar — o ponto de exclamação procurou remediar o incômodo, ajoelhado, com um lenço na mão, tentando limpar os sapatos de Eu.

Ah, imagine, isso não é nada — Eu desculpou, acertando o queixo do ponto de exclamação com o joelho, um golpe tão violento que o ponto de exclamação voou pelo corredor, desceu as escadas rolando e se transformou numa rajada de vento que atravessou todo o jardim e fez as palmeiras imperiais da frente da casa tremularem.

Eu estranhou a cena. Não era dado a explosões deste tipo.

Mas agora que se livrara daquele pentelho daquele ponto de exclamação, poderia seguir em frente. Seguir em frente, seguir em frente, os comandos do cérebro repetiam.

Eu botou a mão na maçaneta, o coração disparado. Eu começou a girar a maçaneta e lembrou dos sapatos sujos de vômito.

Eu foi abrindo portas pelo corredor e encontrou o banheiro. Eu entrou no banheiro, arrancou um pedaço de papel higiênico do rolo e limpou os sapatos.

Eu voltou para o corredor. Eu atravessou o corredor lentamente. Close nos sapatos. Um passo após o outro, câmera baixa, como naquela cena do filme *The Doors*, do diretor americano Oliver Stone, música incidental: *The End*: Jim Morrison cantando: *The killer awoke before dawn, He put his boots on, He took a face from the ancient gallery, And he walked on down the hall.*

Os sapatos de Eu pisando pesado no assoalho do corredor, passo após passo. *He went to the room where his sister lived.* Os sapatos de Eu esmagando uma barata no corredor. *And then he paid a visit to his brother.* A barata emitindo um grito terrível, inaudível aos ouvidos humanos. *And then he walked on down the hall.* Os sapatos de Eu cada vez mais próximos do fim do corredor. *And he came to a door.* Os sapatos parados diante da porta no fim do corredor. *And he looked inside.* A mão de Eu na maçaneta da porta. *"Father?", "Yes, son".* A mão de Eu girando a maçaneta da porta. *"I want to kill you".* A porta aberta. *"Mother, I want to........* Eu parado diante da porta........ *fuck you, all the night".*

Por que você demorou tanto? Estou te esperando há séculos — Você suspirou, deitada de bruços na ampla cama de casal, só de calcinha.

Eu lambia as costas daquela escultura viva de Michelangelo. Eu mordia a nuca daquela nobre Condessa descendente do melhor sangue russo. Eu pressionava seu pau contra a bunda daquela Sétima Maravilha do Mundo. Eu se sentia um náufrago sedento diante daquela abundância. Aquela abundância gemia, ondulava o corpo, pressionava a bunda contra o pau de Eu. Eu deslizava as mãos pelas costas daquela escultura viva de Michelangelo. Eu acariciava a bunda daquela nobre Condessa descendente do melhor sangue russo. Eu enfiava o dedo no cu daquela Sétima Maravilha do Mundo. Eu se sentia um feliz beduíno perdido no deserto diante daquele oásis. Aquele oásis gemia, ondulava mais o corpo, se abria mais e mais para que o dedo de Eu penetrasse seu cu.

Eu beijava aquela boca carnuda com o apetite de um recém-nascido ao atacar os peitos da mãe. Eu lambia o pescoço de Você. Eu chupava o pescoço de Você. Eu mordia o pescoço de Você. Eu foi descendo, a boca sugando os peitos de Você. Eu foi descendo, lambendo cada pedacinho da barriga de Você, o umbigo de Você. Você se arrepiava, gemia, contorcia o corpo. Eu foi descendo, a língua percorrendo aquela gramática desconhecida, mais pra baixo, isso, abaixo do umbigo, os primeiros pentelhos, desceu mais, puxou a calcinha de Você e deu de cara com um pau enorme e duro.

Pooorrrraaaaa. O que é isso aqui? — Eu berrou.

Eu e Você pararam, cena congelada, o mundo caiu. Você cobriu os seios com as mãos.

Desculpe, eu pensei que você soubesse.

Você, você, você... não é possível... A Nobre Condessa do Melhor Sangue Russo, A Escultura Viva de Michelangelo, A Sétima Maravilha do Mundo... um travesti!!!

Desculpe — ela disse, quer dizer, ele, cobrindo-se com o lençol. Não sou exatamente um travesti. Sou mulher, mas...

Caralho, por que você não me disse, Você?

Porque eu pensei... Eu pensei... Espere aí... Você? Oh, não.

Oh, não, o que, porra?

Você está me confundindo com Você?

Você é que está me confundindo.

Escute, eu não sou Você.

Claro que você não é eu.

Não, não, eu não me chamo Você.

O quê?

Eu não sou a Você.

O quê?

Eu sou Vós, a irmã dela.

Irmã? Com um pau desse tamanho?

Desculpe.

Mas você, você, mas você é igualzinha a Você! Quer dizer, igualzinho.

Nós somos gêmeas.

Puta que o pariu! Puta que o pariu! Puta que o pariu! Era o que me faltava.

Não, Eu não sabia, mas ainda faltava algo mais.

A porta do quarto se abriu.

Primeiro Ela arregalou os olhos. Depois Ela cobriu os olhos com as mãos. Depois Ela começou a chorar. Depois Ela começou a gritar. Depois Ela ficou histérica. E continuou chorando, e gritando, parada, na porta do quarto.

Vós correu para o banheiro, o pau enorme, agora mole, balançando.

Quando viu aquele pau enorme, mole, balançando, Ela gritou ainda mais. Ela chorou ainda mais. Ela ficou histérica ainda mais.

Você é um canalha — Ela gritou. E esmurrou a parede. Me trocar por um travesti!!! Filho da puta.

Espere, dei-dei-dei-deixe eu expli-pli-pli-pli-car — Eu gaguejou, um pentelho enroscado nos dentes da frente.

Explicar o quê, canalha, filho da puta — Ela parou de chorar. Ela parou de gritar. Ela parou de ficar histérica. Ela parou com toda aquela cena que mulher sempre faz quando apanha seu homem com outra, quer dizer, com outro, e olhou bem nos olhos de Eu, um olhar frio, cruel, implacável:

Quer saber, você não tem densidade psicológica.

Bateu a porta e foi embora.

Quando Vós saiu no banheiro Eu olhou fixo para os quadris dela e.

O que está acontecendo? — Eu berrou, em estado catatônico. Cadê seu pau? Cadê seu pau? — Eu berrava, os olhos revirando nas órbitas. Cadê seu pau?

Calma, por favor, calma — Vós acariciava os cabelos de Eu. Cadê seu pau? Eu chorava. O que está acontecendo? O que eu estou fazendo nesta história? Vós acomodou a cabeça de Eu no colo. Eu olhou desconfiado, as narinas aspirando aquele doce cheiro de buceta, os olhos ali, bem perto. Mas isso aqui é uma buceta. É uma buceta — Eu balbuciava.

É difícil explicar — Vós deslizava os dedos pelas mechas do cabelo de Eu.

Difícil entender. Cadê aquele pau? Isso aqui é uma buceta. Uma buceta.

Nós somos pessoas diferentes embora, às vezes, sejamos a mesma pessoa. Às vezes eu sou Você, às vezes eu sou Vós, entende?

Mas cadê o seu pau?

Eu não tenho pau.

Mas eu acabei de ver o seu pau. Era enorme. Um troço enorme.

Não, você viu o pau de Vós. Eu sou Você.

Eu não aguento mais essa confusão — Eu soluçava. Eu, Você, Ela, Nós, Vós, Eu não aguento mais. Quem sou eu nesta história, quem sou eu?

ASSALTO NA REBOUÇAS

Nós subia a avenida Rebouças com seu Land Rover, rumo ao hotel Della Volpe. Ao seu lado, no banco da frente, Eu olhava fixamente o céu enquanto pensava que logo estaria na cama, uma noite de sono, chega de aventuras por hoje, que noite! No banco de trás estavam as gêmeas Você e Vós. Uma tinha os peitos emoldurados por um delicado tecido azul-claro, outra, por um delicado tecido vermelho. As duas eram iguaizinhas, só que uma tinha pau.

Eu olhava fixamente as nuvens no céu, escuras, grandes massas se deslocando com rapidez e violência, como no filme *O Sétimo Selo*, de Ingmar Bergman. De tempos em tempos um raio rachava o céu, alguns segundos depois podia-se ouvir o ribombar de um trovão, uma espécie de tambor ancestral despertando seres imaginários.

Pela primeira vez durante toda a noite Eu pensou que talvez conhecesse Nós de algum lugar. Ele tinha os cabelos loiros, longos. Não era jovem. Um homem de uns 40, 43 anos, talvez.

Quando pararam no semáforo da Rebouças com a Henrique Schaumann, Eu notou um monte de lixo no canteiro central da avenida. Todos estavam em silêncio no interior do Land Rover.

O monte de lixo se levantou do chão e num zás-trás estava parado diante da janela de Eu.

O monte de lixo era Eles.

Eles olhou para o rosto de Eu e pensou que talvez o conhecesse de algum lugar.

Eles encostou um estilete no braço de Eu. Eu ouviu, do outro lado do Land Rover, uma voz feminina dizendo Desçam todos, quietinhos, se não quiserem se machucar.

Do outro lado do Land Rover, na janela do motorista, estava Elas, um trinta e oito apontado para a testa de Nós.

Elas era uma bandida de alta periculosidade, especialista em roubo de carros importados. Tinha conexão com uma quadrilha do Paraná, liderada por dois irmãos de Londrina. Um deles se elegera deputado, o mais votado em todo o Estado. Ambos controlavam também todo o tráfico de cocaína que entrava pela Bolívia e abastecia o Paraná, Santa Catarina, Rio Grande do Sul e o Uruguai. Eram conhecidos e temidos pela bandidagem. Todos sabiam que foram eles que ordenaram a execução de um alcagüete que trabalhara com a quadrilha e que confessara tudo à polícia depois de uma surra de pica de boi no pau-de-arara. Os dois mandaram um bando invadir a delegacia e resgatar o alcagüete. Fizeram picadinho do sujeito. Foram serrando aos poucos, com serra elétrica, as mãos, os pés, os braços, as pernas, depois cortaram o pau do sujeito e o enfiaram na boca do desgraçado. O cara morreu aos poucos, de hemorragia, com o próprio pau enfiado na boca. Por fim, separaram a cabeça do corpo, colocaram tudo numa mala e mandaram para a família.

Elas era uma morena lindíssima, sensual, provocante. Se a encontrassem numa festa, ninguém diria que se tratava de uma bandida de alta periculosidade. Elas conhecera Eles naquela noite, ficara com pena do garoto de 13 anos e prometera levá-lo para casa e cuidar dele. Mas antes, teriam que fazer um servicinho.

Nós olhava fixamente para Elas. Que foi, cara, quer levar um balaço no meio da testa? — Elas falou com a frieza de uma profissional.

Nós olhou para as gêmeas no banco de trás e os três soltaram uma gargalhada. Eu tremia no banco ao lado. Eles também tremia. Eles cravou o estilete no braço de Eu. Elas disparou na testa de Nós. A bala atravessou a cabeça de Nós e saiu pela parte de trás. Nem uma gota de sangue espirrou. O braço de Eu sangrava. Eles tremia. Nós segurou o punho de Elas. Elas disparou novamente.

Você agarrou os dois punhos de Eles. A bala atravessou o peito de Nós. Nem uma gota de sangue. Nós segurava o punho de Elas. Você segurava os punhos de Eles. O braço de Eu sangrava. Nós olhava fixamente para Elas e gargalhava. Elas estava trêmula. Você olhava fixamente para Eles e gargalhava. Eles tremia, tremia muito. Nós arrancou o revólver da mão de Elas e soltou seu punho. Você arrancou o estilete da mão de Eles e soltou seus punhos. Elas correu. Eles correu. Nós e Você gargalhavam, uma gargalhada que ecoava ao longo da avenida Rebouças. Elas dobrou a esquina da Rebouças com a Artur Azevedo e quase caiu de costas. Nós estava parado, bem à sua frente, as mãos enfiadas no bolso do casaco, gargalhando, e a olhando nos olhos. Elas voltou para a Rebouças e continuou correndo em direção à Cardeal Arcoverde. No meio do quarteirão, Nós saltou de trás de uma árvore bem na frente de Elas, as mãos enfiadas no bolso do casaco, gargalhando e a olhando nos olhos. Elas estava sem fôlego, pálida. "Que espécie de criatura é você?" — Elas gritou, em pânico. Eu desmaiara dentro do Land Rover. Não podia ver sangue, especialmente o seu.

Quando voltou a si, Eu estava na porta do hotel Della Volpe. Olhou para o braço: nem um arranhão. O que aconteceu? — Eu balbuciou.

Você dormiu, escritor. Deve ter sonhado. Estava muito agitado — Nós respondeu.

Mas, mas...

Hora de dormir, meu querido. Você teve um dia muito cansativo — a voz de Você veio do banco de trás, os olhos cintilando no retrovisor.

Meu Deus, eu realmente não estou entendendo mais nada — Eu se lamentou, quase um gemido.

Não se preocupe. Nós o ajudaremos — Nós, Você e Vós disseram ao mesmo tempo.

Eu bateu a porta do Land Rover e caminhou sete passos em direção à porta do hotel Della Volpe. Desta vez, não tropeçou em monte de lixo algum.

Na porta do hotel Della Volpe, virou-se e não viu mais o Land Rover.

O sol já apontava o cocuruto no ombro da manhã.

O DIA SEGUINTE
PODE SER MUITO PIOR

Eu acordou com o ruído da chuva tamborilando na janela do quarto. Virou-se na cama e sentiu um corpo macio, nu, deitado ao seu lado. Deslizou a mão pelas costas daquele corpo macio e, subitamente, sentiu um frio elétrico percorrendo a espinha. Abriu os olhos e deu de cara com Ela, dormindo ao seu lado, no quarto do hotel Della Volpe.

Eu procurou manter a calma. Deitou-se de costas, respirou fundo.

Não, Eu, você não está louco. Você bebeu demais, entrou em coma alcoólica, ressuscitou do mundo dos mortos-vivos e agora está aqui, deitado ao lado d'Ela. Ela trouxe você da festa, botou-o na cama e resolveu dormir ao seu lado. Tudo muito lógico. Tudo muito claro, certo? Você não está louco. Você não está louco. Você não está loooouuuuuuuuuucoooooo!!!!!!!!!!!!

Ela acordou assustada com os gritos de Eu.

O que foi? O que está acontecendo? Ela esbugalhou os olhos.

O que está acontecendo pergunto eu. O que você está fazendo aqui? Você não foi embora no meio da festa depois que me pegou na cama com aquela..... com aquele travesti?

Festa? Travesti? Que festa? Que travesti?

A festa na casa de Nós.

Mas nós nem fomos à festa.

Não fomos à festa?

Não, meu querido. Nós ficamos trepando a noite inteira. Você é muito gostoso, sabia? Adorei as coisas que você fez comigo. Deita aqui do meu ladinho, deita.

AGORA SIM, TUDO CERTO.
TEM CERTEZA?

Quando Eu acordou, Ela não estava mais deitada ao seu lado. Eu correu até o banheiro, nada. Olhou atrás da porta, nada. Dentro do box, nada. Embaixo da cama, nada. Dentro do armário, nada.

O telefone tocou. Eu agarrou o fone como quem aperta o pescoço de um frango para destroncá-lo.

Oi, lindão. Acordou bem?

O que você está fazendo aí? Você não estava aqui comigo, deitada ao meu lado, na mesma cama, no hotel Della Volpe, apartamento 903? Estava, não estava?

Estava, isso há quatro horas. Agora estou no jornal. Não tenho vida de escritora.

Que bom ouvir sua voz — Eu sussurrou.

Que bom mesmo. Enfim, algo tão certo quanto a maçã que se espatifou na cabeça de Newton. Ela estava aqui, agora está lá. Dormiu aqui comigo, acordou, foi para o trabalho e agora está me ligando. Tudo certo como dois e dois são quatro, como quatro e quatro são oito, como oito e oito são dezesseis, como dezesseis e dezesseis são trinta e dois, como trinta e dois e trinta e dois são sessenta e quatro, como sessenta e quatro e sessenta e quatro são, são, espere, quatro e quatro, oito, seis e seis doze, isso, cento e vinte e oito.

Olha, eu tenho dois ingressos para assistir a uma peça de Samuel Beckett. Fim de Jogo. Quer ir comigo?

Quero. Onde a gente se encontra?

Não se preocupe. Eu pego você no hotel.

Combinado.

Oito e meia está bom?

Está ótimo.

Está ótimo, ótimo, ótimo. Sessenta e quatro e sessenta e quatro, cento e vinte e oito, cento e vinte e oito e cento e vinte oito, oito e oito, seis, vai um, dois e dois, quatro, mais um, cinco, um e um, dois: duzentos e cinqüenta e seis — Eu raciocinava enquanto tirava a camiseta para tomar uma ducha. Quando já estava com o tronco nu, sentiu uma dor no braço direito, uma dor típica de ferimento com objeto cortante, navalha, canivete ou estilete. Examinou o braço e não viu nada.

Não, não vai ser uma dor qualquer que vai estragar este dia maravilhoso — falou consigo mesmo, jogando a calça em cima da cama.

O JOGO CONTINUA

Eu e Ela chegaram em cima da hora. Logo que sentaram, na quarta fila, soou o terceiro sinal. As luzes se apagaram e um breu de fundo de caverna tomou a sala. Em seguida, uma luz cinzenta iluminou o palco. O teatro era pequeno, claustrofóbico.

Não havia cenário algum, apenas um aposento sem mobília, uma janela ao fundo, uma porta à direita.

Hamm estava sentado em sua cadeira de rodinhas, no centro. Ao lado da cadeira, Clov, olhos parados, rosto bem vermelho. Hamm não podia se levantar. Clov não podia se sentar.

Ao lado direito, duas latas de lixo.

Dentro das latas de lixo estão Nagg e Nell, os pais de Hamm — Ela cochichou para Eu. Eles perderam as pernas num acidente nas Ardenas.

Os pais dentro da lata de lixo? Que idéia! — Eu pensou com seus botões, embora vestisse uma camiseta sem botão algum.

Na fila de trás um homem muito gordo amarfanhava um papel de bala entre os dedos e pigarreava sem parar. O barulhinho do papel de bala irritava mais do que o pigarro. Eu poderia jurar que estava incomodando até mesmo os atores, a julgar pela expressão facial deles. Eu virou-se e pediu gentilmente ao homem gordo para acabar com aquele negócio de amarfanhar um papel de bala entre os dedos. O homem gordo devolveu um olhar perplexo para Eu. Eu olhou para as mãos do homem gordo e percebeu, perplexo, que ele não tinha mãos, apenas dois cotos.

Hamm — Vamos rir?

Clov (após refletir) — Não estou com vontade.

Hamm (após refletir) — Nem eu. (pausa) Clov!

Clov — Sim.

Hamm — A natureza esqueceu-se de nós.

Clov — Não há mais natureza.

Hamm — Não há mais natureza! Você exagera.

Clov — Ao redor.

Hamm — Mas nós respiramos, mudamos! Perdemos nossos cabelos, nossos dentes! Nosso vigor! Nossa beleza! Nossos ideais!

Clov — Então, ela não nos esqueceu.

Hamm — Mas você disse que não há mais natureza.

Clov (muito triste) — Acho que nunca houve no mundo criaturas que pensassem de modo tão torto quanto a gente.

O barulhinho de papel de bala prosseguia na fileira de trás, deixando os nervos de Eu em frangalhos. Se havia algo que Eu odiava era barulhinho de papel de bala durante uma peça ou um filme. Eu olhou para Ela. Ela estava compenetrada, os olhos vidrados no palco. Eu pensou em perguntar-lhe se estava ouvindo aquele barulhinho irritante de papel de bala mas desistiu. Eu olhou de rabo de olho para a fileira de trás e rá-rá, viu um papel de bala nas mãos da figura sentada ao lado do homem gordo sem mãos. Os dedos mexiam e remexiam o papel de bala.

Hamm — Você se lembra do dia em que chegou aqui?

Clov — Não. Eu era muito pequeno. Você me contou.

Mas havia alguma coisa bem esquisita com aquelas mãos.

Hamm — Lembra-se de seu pai?

Clov (cansado) — A resposta é a mesma. (pausa) Você já me fez essas perguntas um milhão de vezes.

Eram mãos bem peludas. Pequenas e peludas.

Hamm — Amo as velhas perguntas. (com fervor) Ah, as velhas perguntas, as velhas respostas, não há nada igual! (pausa) A verdade é que eu fui um pai para você.

Clov — Sim. (olha fixamente para Hamm) Você foi isso para mim.

Eu subiu um pouco os olhos, o sangue gelou. A figura sentada ao lado do homem gordo sem mãos era uma macaca, cara e focinho da Chita do Tarzã.

Eu escorregou as costas no encosto, afundou na cadeira e achou melhor esquecer o barulhinho de papel de bala e prestar atenção nas velhas perguntas de Hamm. Ah, as velhas perguntas, como eram boas, no tempo em que as respostas eram simples e claras, quantos anos você tem? 32; o senhor já teve pneumonia, bronquite ou sofre de asma? não; você sabe quem formulou a teoria da relatividade? Einstein; você tem irmãos? tenho uma irmã; quer casar comigo? não — ah, isso sim é que eram bons tempos, alguém perguntava, o outro respondia, tudo muito claro, objetivo, e as coisas transcorriam com a maior naturalidade, a gente podia ir ao cinema, tomar um chope, comer bolinhos de bacalhau no bar do português da esquina, ali no Leblon, conversar com os amigos no Posto 9, tudo muito natural, sem essas maluquices que estão me acontecendo desde que acordei dois dias atrás.

Hamm — Vá buscar o óleo.

Clov — Para quê?

Hamm — Para lubrificar as rodinhas.

Clov — Já lubrifiquei ontem.

Hamm — Ontem! O que isso significa? Ontem!

Clov (violento) — Isso significa aquele maldito e terrível dia, há muito tempo, antes deste maldito e terrível dia. Uso as palavras que você me ensinou. Se elas não significam mais nada, ensine-me outras. Ou deixe-me permanecer calado.

Genial, genial — Ela comentou, baixinho, os olhos faiscando no escuro da platéia. Eu tenho uma teoria, ainda vou escrever um ensaio sobre isso. Na minha opinião, Joyce acabou com o romance realista e criou uma nova linguagem. Beckett assumiu a posição de coveiro da velha linguagem. Ele vai exaurindo o velho esquema narrativo até não significar mais nada — Ela cochichou para Eu.

Acabou com o romance realista! Vai ver a culpa é desse desgraçado — Eu pensou com seus botões, embora vestisse uma camiseta sem botão algum.

Hamm — Pergunte a meu pai se ele quer ouvir minha história.

(Clov vai até as latas, ergue a tampa da lata de Nagg, inclina-se, olha para dentro dela. Pausa. Endireita-se.)

Clov — Está dormindo.

Hamm — Acorde-o.

(Clov se inclina, acorda Nagg com o despertador. Palavras ininteligíveis. Clov indireita-se.)

Clov — Ele não quer ouvir sua história

Hamm — Eu lhe dou um bombom.

(Clov se inclina. Depois se endireita.)

Clov — Ele quer uma bala.

Hamm — Ele ganhará uma bala.

(Clov se inclina. Depois se endireita.)

Clov — Negócio fechado. (Caminha em direção à porta. As mãos de Nagg aparecem na borda da lata de lixo. A seguir, surge a sua cabeça. Clov chega até a porta, volta-se.) Você acredita numa vida futura?

Hamm — A minha foi sempre isso. (Clov sai.) Propiciei-lhe aquela oportunidade!

Nagg — Estou ouvindo.

Hamm — Nojento! Por que você me fez?

Nagg — Não sabia.

Hamm — O quê? O que é que você não sabia?

Nagg — Que aquilo seria você.

De repente, Eu notou que o barulhinho de papel de bala evaporara no ar, sumira, escafedera-se. Eu olhou de soslaio para a fileira de trás e não viu ninguém. Ué? Cadê o homem gordo sem mãos e a Chita que estava ao lado dele? Eu olhou melhor e percebeu que não havia ninguém na fileira de trás. Mas como? A fileira estava cheia, não havia nenhum lugar vago. Eu olhou mais uma vez e não viu ninguém em nenhuma das fileiras de trás. Mas como, o teatro estava cheio? — Eu deixou escapar, alto o suficiente para que todos ouvissem. Pssssiiiiiiiuuuuuu! — alguém ordenou, lá do fundo.

Hamm — Vá ver se ela está morta.

(Clov vai até as latas, ergue a tampa da lata de Nell, inclina-se, olha para dentro. Pausa.)

Clov — Parece que sim.

(Fecha a tampa, endireita-se. Hamm tira a touca. Pausa. Coloca-a novamente.)

Hamm (com a mão na touca) — E Nagg?

(Clov ergue a tampa da lata de Nagg, inclina-se, olha para dentro. Pausa.)

Clov — Parece que não. (Fecha a tampa, endireita-se.)

Hamm (tirando a mão da touca.) — O que ele está fazendo?

(Clov ergue a tampa da lata de Nagg, inclina-se, olha para dentro. Pausa.)

Clov — Ele chora. (Fecha a tampa, endireita-se.)

Hamm — Portanto, ele vive.

Os atores foram aplaudidos de pé por Eu e Ela ao final do espetáculo. Eram os únicos no teatro vazio.

NADA COMO UMA TREPADA
APÓS A OUTRA

Eu e Ela jantaram no Sujinho da Consolação, arroz, feijão, polenta frita, salada de tomate e repolho e rodízio de carne.

Eu e Ela pagaram a conta, meio a meio, embora Eu insistisse em pagar tudo e Ela não aceitasse de jeito nenhum.

Eu e Ela foram abordados por um garoto de rua na calçada do Sujinho.

Eu disse que não tinha nenhum trocado, embora tivesse algumas moedas de 5, 10 e 25 centavos no bolso. Ela tirou uma nota de 1 real da bolsa e deu para o garoto.

Eu olhou a bunda de Ela através dos vidros do carro. Ela enfiou a chave na fechadura da porta do carro.

Ela sentou-se no assento do motorista e enfiou a chave na ignição. Eu sentou-se no assento do passageiro.

Eu e Ela se olharam.

Eu e Ela se beijaram.

Eu e Ela seguiram direto para o motel Astúrias.

Uma noitada e tanto. Eu caiu de boca e de pau na buceta de Ela. Ela caiu de boca e de buceta no pau de Eu.

Sim, aquela buceta era algo entre a Sabedoria e a Luxúria.

Ao deixar Eu no hotel Della Volpe, duas trepadas depois, Ela fez beicinho e pediu: Você me liga do Rio?

Liga pra minha casa — Ela emendou e escreveu o número num guardanapo de papel.

Eu desceu do carro, caminhou dois passos em direção à porta do hotel Della Volpe e não tropeçou em monte de lixo algum.

Eles não estava ali.

Eles estava encostado em uma banca de jornal na avenida Paulista, louco de cola de sapateiro, todo encolhido, olhando as línguas de fogo que desenhavam reluzentes formas no ar, embaixo da marquise da Federação das Indústrias do Estado de São Paulo.

As línguas de fogo que desenhavam reluzentes formas no ar eram um índio pataxó.

O índio pataxó deixara sua aldeia no sul da Bahia havia cinco dias. Viera a São Paulo para conversar com uma autoridade da Fundação Nacional do Índio. Queria que a autoridade da Fundação Nacional do Índio mandasse expulsar os fazendeiros que há anos invadiam as terras dos pataxós.

O índio pataxó perdera o último ônibus. Estava hospedado na aldeia de Carapicuíba, no Km 22 da rodovia Raposo Tavares. Longe demais para uma caminhada.

O índio pataxó decidira dormir embaixo da marquise da Federação das Indústrias do Estado de São Paulo, perto de um holofote que iluminava a fachada do prédio. Um lugar quentinho para encostar o corpo.

Um Mitsubishi Eclipse vermelho estacionou em frente ao prédio. Quatro garotos desceram. O mais velho tinha 18 anos. Era o motorista. Outros dois tinham 16 e o mais novo 15 anos.

O garoto de 18 anos abriu a tampa do frasco de álcool e jogou todo o conteúdo sobre o corpo do índio pataxó. O índio pataxó abriu os olhos e não entendeu muito bem o que estava acontecendo. O garoto de 15 anos riscou um fósforo e atirou sobre o corpo do índio pataxó. O índio pataxó arregalou os olhos e entendeu menos ainda o que estava acontecendo.

As roupas do índio pataxó ardiam em chamas. A carne do rosto, dos braços, das pernas e do tronco derretiam. Os garotos entraram no Mitsubishi Eclipse rindo e seguiram em direção ao Paraíso. O índio pataxó se retorcia de dor e não entendia o que estava acontecendo, exceto que estava queimando. Eles olhava as línguas de fogo que desenhavam reluzentes formas no ar, embaixo da marquise da Federação das Indústrias do Estado de São Paulo. Eles entendeu o que estava acontecendo.

Eles arrancou os farrapos que usava para se proteger do frio e correu até o corpo do índio pataxó. Eles bateu com os farrapos no corpo do índio pataxó até que conseguiu abafar o fogo. Eles olhou nos olhos do índio pataxó. O rosto do índio pataxó estava todo deformado. O índio pataxó olhou nos olhos de Eles. O índio pataxó fechou os olhos. Eles correu pela avenida Paulista, no sentido Consolação.

A morte do índio pataxó repercutiria, nos dias seguintes, em todo o país e até nos Estados Unidos e na Europa. O Presidente da República Fernando Henrique Cardoso, em comunicado pela televisão, exigiria uma punição exemplar dos culpados.

Quatro dias depois os garotos do Mitsubishi Eclipse seriam presos. A imprensa noticiaria que eram todos filhos de importantes juízes brasileiros.

Assustados com a enorme repercussão nacional e internacional, os garotos do Mitsubishi Eclipse diriam aos jornalistas:

Não sabíamos que era um índio. Pensamos que era um mendigo.

PONTE AÉREA II — O RETORNO

Eu estava sentado no saguão do aeroporto de Congonhas lendo as manchetes da Folha de S. Paulo.

(As manchetes da Folha de S. Paulo não eram engraçadas.)

Eu estava ligeiramente feliz por estar no saguão do aeroporto de Congonhas aguardando a hora do embarque.

Eu estava ligeiramente feliz não exatamente por estar no saguão do aeroporto de Congonhas aguardando a hora do embarque, mas por estar retornando ao Rio de Janeiro depois de conceder uma entrevista ao programa de TV *Letra Viva*.

Eu estava ligeiramente feliz e meio doido.

Eu estava ligeiramente feliz por estar retornando ao Rio de Janeiro depois de conceder uma entrevista ao programa *Letra Viva* e meio doido por ter fumado um baseado enorme antes de sair do apartamento do hotel Della Volpe.

(O baseado era forte, mas não tanto a ponto de parecer haxixe.)

Eu tentava ler as manchetes da Folha de S. Paulo mas não conseguia passar dos títulos. Índio pataxó é queimado vivo na Avenida Paulista. Chacina deixa 8 mortos no Jardim Ângela. João Gilberto briga com o público em show no Credicard Hall. Feiticeira casa-se com Pelé.

Eu pulava de manchete em manchete sem conseguir deter a atenção em nada.

Eu pensava três quatro e até mesmo cinco coisas ao mesmo tempo e não conseguia ler as manchetes da Folha de S. Paulo.

Eu pensava nos peitos e na bunda de Ela enquanto lia as manchetes Chacina deixa 8 mortos no Credicard Hall, João Gilberto casa-se com Pelé, Índio pataxó briga com o público em show no Jardim Ângela, Feiticeira é queimada viva na Avenida Paulista.

Eu pensava nos peitos e na bunda de Ela e não estava minimamente interessado em João Gilberto, nem em chacinas, nem em 8 mortos, nem em Feiticeira alguma.

Eu estava no saguão do aeroporto de Congonhas, ligeiramente feliz e meio doido, com a Folha de S. Paulo dobrada no colo, tentando lembrar cada detalhe da noite anterior.

Eu lembrava bem daquele rosto branquinho, os cabelos lisos, os lábios carnudos, os olhos castanhos. Eu lembrava mais ainda daquela bunda!, daqueles peitos!, daquela xota!

Sim, sim, Ela era algo entre a Sabedoria e a Luxúria.

Eu estava no saguão do aeroporto de Congonhas, ligeiramente feliz e meio doido, com a Folha de S. Paulo dobrada no colo, de pau duro, pensando que a Sabedoria e a Luxúria eram realmente tudo o que imaginara.

Eu parecia mergulhado em um estado de letargia. Era como se uma bruma fina flutuasse diante de seus olhos, uma aglomeração de gases azuis e brancos, turvando as imagens da realidade que chegavam até sua retina.

Eu não sabia ao certo se aquela sensação estranha era provocada pelo efeito do baseado ainda ativo em seus neurônios ou pela lembrança daquela mulher magnífica, daquela figura mítica, algo entre a Sabedoria e a Luxúria.

Eu poderia jurar que seu rosto irradiava uma luminosidade jamais vislumbrada por nenhuma criatura, nem pelas sacedortisas egípcias dos cultos de Osíris, nem pelos xamãs siberianos, acostumados a fenômenos estranhos, nem pelos mais experientes mestres do bramanismo, quanto mais por aqueles pobres seres mortais, hipócritas e mesquinhos, que mantinham suas bundas grudadas nos assentos ao redor, aguardando o anúncio do embarque.

Sentindo-se, ele mesmo, um ser especial, uma criação inigualável da hierarquia mais elevada dos arcanjos, uma figura mítica, Ícaro, talvez Narciso ou mesmo um Humphrey Bogart qualquer, Eu atravessou a porta da sala de embarque, andou pela pista do aeroporto de Congonhas, subiu a escada do boieng da Vasp, olhou para aqueles pobres seres mortais, hipócritas e mesquinhos, que mantinham suas bundas grudadas nos assentos ao longo do corredor, aguardando a decolagem, e sentiu as pernas amolecerem.

O boeing da Vasp estava cheio de celebridades, chiques e famosos: o jogador de futebol Marcelinho Carioca, a ex-dançarina de axé-music Carla Perez, as cantoras Gal Costa, Maria Bethania e Daniela Mercury, o senador Antonio Carlos Magalhães, os compositores Gilberto Gil e Caetano Veloso, a atriz Malu Mader, com seu marido Toni Belotto, a superapresentadora de televisão Xuxa, com sua filha Sasha, e até mesmo o telejornalista Bóris Casoy, a ex-namorada do tenista Gustavo Kuerten, a ex-namorada do piloto Ayrton Senna e o deputado Delfim Neto.

Eu parecia uma estátua, um daqueles pobres coitados gregos petrificados pelo olhar da Medusa, respirando com dificuldade, ali, no início do corredor do boeing da Vasp.

A comissária de bordo deu um cordial empurrãozinho nas costas de Eu, como um pai que empurra seu bebê rumo à glória dos primeiros passinhos e diz Vai lá, você vai conseguir. Eu seguiu pelo corredor, quase sem respirar, suando frio, até encontrar sua poltrona. Poltrona do meio, entre o compositor Caetano Veloso e a ex-dançarina de axé-music Carla Perez. Respirou fundo, pediu licença e sentou-se. Ufa!

O compositor Caetano Veloso olhou bem para Eu e perguntou, Desculpe, mas você não é Eu?

Eu se sentiu confuso. Eu? — quase gaguejou. Bem, claro, eu sou Eu — pensou. Sim, sou Eu — Eu respondeu.

O escritor?

Eu não acreditou que o compositor Caetano Veloso o conhecesse.

Você já leu algum livro meu? — Eu perguntou, mais confiante.

Não. Eu vi sua entrevista no programa *Letra Viva*.

Ah — foi só o que Eu conseguiu dizer, menos confiante.

Me diga uma coisa: por que você não gosta de James Joyce?

Quem disse que eu não gosto de James Joyce? — Eu respondeu, menos confiante ainda, e um tanto temeroso.

Você disse na entrevista que Joyce é um chato.

Eu disse que Joyce é chato, mas não disse que não gosto dele.

Ah, bom.

O compositor Caetano Veloso permaneceu em silêncio. Eu também.

O avião decolou.

Eu adoro James Joyce — o compositor Caetano Veloso disse. Já pensei muitas vezes em compor uma canção com trechos do monólogo da Molly Bloom. Você não acha essa idéia genial, Bóris?

Genial — respondeu o telejornalista Bóris Casoy, que viajava ao Rio de Janeiro para conceder uma entrevista ao programa de crítica política *Isto É Uma Vergonha*.

Genial — respondeu a ex-namorada do tenista Gustavo Kuerten, que viajava ao Rio de Janeiro para posar nua para a revista Playboy.

Genial — respondeu a ex-namorada do piloto Ayrton Senna, que viajava ao Rio de Janeiro para posar vestida para a revista Caras.

Genial — respondeu o deputado Delfim Neto, que viajava ao Rio de Janeiro para um compromisso que não pode ser divulgado.

Genial — respondeu a ex-dançarina Carla Perez que viajava ao Rio de Janeiro para fazer um implante de silicone nos seios.

A onda de "genial, genial, genial" correu pelo boeing da Vasp, como uma *ola* no Maracanã em dia de Fla-Flu.

Só Eu não disse nada.

Na verdade, Eu estava pensando em perguntar ao compositor Caetano Veloso sobre a festa na casa de Nós. Melhor não. Tudo está indo tão bem. Nada de frases pichadas na parede, nada de marcianos com suas pistolas de raio laser. Enfim, a normalidade. Melhor esquecer tudo.

Genial — Eu também resolveu responder, mas olhou para o lado e percebeu que o compositor Caetano Veloso estava dormindo. Olhou para o outro lado e viu que a ex-dançarina de axé-music Carla Perez também estava dormindo. Olhou na fileira de trás e viu que o telejornalista Bóris Casoy também estava dormindo. Olhou para as fileiras da frente, para as fileiras do lado, para as fileiras de trás e viu que todos no avião estavam dormindo, inclusive as comissárias de bordo.

Eu não sabia, mas o piloto e o co-piloto também estavam dormindo.

O avião voava sob o comando do piloto automático.

Ao perceber que todas as celebridades, chiques e famosos estavam dormindo, Eu relaxou, esticou as pernas, fechou os olhos e sonhou que estava em um mosteiro, no alto de um morro, embaixo de uma jaqueira, entrevistando um mestre zen.

O mestre zen estava sentado em posição de lótus, vestindo um manto azul-escuro.

Eu ligou o gravador.

Eu: O que é o zen?

Mestre: É, o que é o zen?

Eu: É uma doutrina religiosa?

Mestre: Religião, para o zenbudista, é o estudo de si mesmo. Para estudar-se a si mesmo é preciso ter um verdadeiro esquecimento de si mesmo. E para ter um verdadeiro esquecimento de si mesmo é preciso ser uno, integrado com tudo o que nos cerca. O mais importante é estar esquecido de si mesmo.

Um tigre enorme, de listras amarelas, pretas e brancas, saiu do meio das árvores, veio caminhando às costas do mestre e deitou-se à sombra da jaqueira.

Eu: Através deste estudo de si mesmo tenta-se chegar à iluminação?

Mestre: No zen se diz que o mais importante não é conhecer a iluminação, mas esquecer a iluminação.

Eu: O zen fala em "esquecimento de si mesmo" e em "não-ação". Mas a vida é bastante ativa. Onde está a não-ação?

Mestre: A não-ação é quando você pode agir com a mente una. O universo está sempre se movendo e a criação é uma coisa incessante. Quando o zen fala em não agir, não é ficar parado, imóvel. Fosse assim, não haveria vida.

Eu: A não-ação pode confundir as pessoas e levar à estagnação?

Mestre: Estagnação não tem nada a ver com o zen. O zen é uma coisa completamente dinâmica, bastante criativa e una com a realidade.

Um leão enorme, de juba espessa e presas assustadoras, saiu do meio das árvores, veio caminhando à direita do mestre e deitou-se à sombra da jaqueira.

Eu: É necessário frequentar um templo para ser um zenbudista?

Mestre: No budismo não se tem obrigação de ir ao templo. O templo está na própria pessoa.

Eu: Buda é considerado um santo?

Mestre: Não existe idolatria ao Buda. Nós somos um Buda. Isso é que é importante.

Eu: Para o zen, é mais importante lavar a tigela após o almoço do que procurar o Buda no templo do Buda?

Mestre: O mais importante é procurar a tigela e lavar o Buda.

Eu: O discurso lógico não parece ser muito importante para o zenbudismo.

Mestre: A palavra tende a corromper os outros sentidos.

Eu: O zen despreza as palavras?

Mestre: Quando as palavras cessam de corresponder aos fatos é ocasião de rompermos com as palavras e retornarmos aos fatos.

Um lobo enorme, de dentes afiados e olhar assustador, saiu do meio das árvores, veio caminhando à esquerda do mestre e deitou-se à sombra da jaqueira.

Eu: Mas as palavras não transmitem conhecimentos?

Mestre: É bastante comum juntarmos fragmentos de informação de diversas fontes, pensando que desse modo aumentamos nosso conhecimento. O zen diz: em vez de acumular conhecimentos, procure aclarar sua mente.

Sem olhar para trás, Eu percebeu que havia um precipício às suas costas.

Eu: Adão foi expulso do Paraíso por ter cometido um erro. No zen existe o caminho certo e o caminho errado?

Mestre: Quando alguém pergunta: "Qual o caminho?", o zen apenas diz: "Caminhe!".

Eu: Por que os monges usam a cabeça rapada?

Mestre: Cabelo é como ignorância; cresce, a gente corta.

Eu: É uma atitude de humildade também?

Mestre: Sim. É um desapego a qualquer tipo de vaidade.

Eu: Por que a humildade é tão importante para o zen?

Mestre: Humildade é desapego. O desapego traz lucidez. Quando se está desapegado, você pode se satisfazer com qualquer coisa. Pode comer caviar e pode comer um pedacinho de pão de ontem com a mesma alegria. A humildade não está na renúncia, está na valorização das coisas.

Eu: O desapego não pode gerar conformismo?

Mestre: Pode-se correr este risco. Mas religião é criação incessante. Não é estagnação. É uma mente de procura. O zen fala de uma mente incessante. O desapego é importante para não lhe trazer ilusão. O conformismo pode ser também uma ilusão. Pode ser uma doença espiritual. Saúde espiritual é uma coisa viva, empolgante.

Apesar de prestar atenção nas palavras do mestre, Eu estava apavorado com as três feras que os cercavam. Eu tinha certeza que logo, logo elas saltariam sobre eles e os fariam em pedaços. Sem conseguir domar o pânico, Eu pensou em se levantar e subir o mais rápido possível na jaqueira. As três feras se levantaram. Eu procurou manter a calma e cruzou as pernas, em posição de lótus. As três feras se sentaram novamente.

Eu: O que é a morte, para o zen?

Mestre: Vida e morte são uma coisa única, o tempo todo. Existe um sutra que fala da lenha e da cinza. A lenha completamente lenha e a cinza completamente cinza. A lenha vira cinza. Mas cada uma tem seu tempo próprio. A lenha vive o tempo de fazer o fogo, aquecer o corpo, esquentar o feijão. Da cinza, pode-se fazer o sabão. A vida tem seu passado, presente e futuro. A morte também.

Eu: A morte é o Nirvana?

Mestre: Não. O Nirvana é a morte do ego.

Eu: A morte do eu?

Mestre: O eu é ilusão.

Eu: O que não é ilusão, então?

Mestre: O vento na jaqueira.

Assim que pronunciou as consoantes e vogais jota a que u e i erre a, todas juntas, formando sílabas, e as sílabas formando uma palavra, ja-quei-ra, o mestre evaporou. Desapareceu. Bem diante dos olhos de Eu.

O mestre desapareceu, mas as feras não.

Eu sentiu um arrepio percorrendo sua coluna dorsal de cima a baixo, invadindo o cérebro, o cérebro mandando impulsos elétricos para todo o corpo, inclusive para as mais recônditas extremidades. Eu levantou com um salto e tentou correr até a jaqueira. As feras saltaram sobre ele.

Eu foi salvo pela comissária de bordo.

Senhor, chegamos.

Eu arregalou os olhos.

Ahn, chegamos?

Sim. O senhor está no Rio de Janeiro.

Eu suspirou fundo, levantou-se e olhou em volta.

Nada de tigre, leão, lobo, mestre zen, celebridades, chiques e famosos.

O boeing da Vasp estava vazio.

IT COULD BE A BEAUTIFUL DAY

O Rio de Janeiro continua lindo, Eu pensou, enquanto atravessava o saguão do aeroporto Santos Dumont. O Rio de Janeiro continua sendo. O Rio de Janeiro, fevereiro e março, Eu cantarolava baixinho, totalmente absorto. No espaçotempo imaginário de sua mente Eu podia ouvir os apitos dos comandantes da bateria das escolas de samba, os gritos das torcidas no Maracanã, o eterno marulhar das ondas quebrando em Copacabana, no Leblon, em Ipanema. Eu pisava nos astros tão distraído que nem percebeu o jovem de terno e gravata andando dois passos à sua frente, um passo, meio passo, dez centímetros, cinco, quatro, três, dois, um. O carrinho de bagagem bateu no calcanhar do jovem de terno e gravata. O jovem de terno e gravata sentiu uma dor aguda no calcanhar, se desequilibrou e por pouco não enfiou o nariz no chão encerado do aeroporto Santos Dumont.

Que traste inútil, quase derrubou meu wap, meu palm e meu lap, o jovem de terno e gravata pensou, segurando o calcanhar com uma mão e o minicelular prateado com tecnologia WAP, o minicomputador Palm translúcido e o superlaptop PowerBook G10 de 5000 MHz com a outra.

Eu continuou caminhando contra o vento, sem lenço nem documento, alô, alô, Realengo, aquele abraço, alô, alô, seo, Chacrinha, velho palhaço, alô, alô, Terezinha, a-que-le-a-bra-ço.

O jovem de terno e gravata atravessou o saguão do aeroporto Santos Dumont e entrou em um Hyundai azul, pilotado por um jovem de terno e gravata.

E aí? — perguntou o jovem de terno e gravata que acabara de chegar.

E aí? — respondeu o jovem de terno e gravata que o aguardava.

O jovem de terno e gravata que acabara de chegar era um headhunter que estava à procura de um country manager para uma multinacional top three. Assim que o Hyundai azul começou a deslizar pela General Justo, o jovem de terno e gravata consultou a lista de e-mails do seu minicomputador Palm translúcido, ao mesmo tempo em que acessava em sua agenda eletrônica superturbinada o número do telefone do megaexecutivo da Sony para avisar que já estava a caminho, através de seu minicelular prateado com tecnologia WAP, com o qual era capaz de falar com até sete pessoas ao mesmo tempo.

E aí? — perguntou de novo o jovem de terno e gravata que acabara de chegar.

E aí? — respondeu de novo o jovem de terno e gravata que o aguardava.

Com seu minicelular prateado com tecnologia WAP, o jovem de terno e gravata avisou a hipersecretária do megaexecutivo da Sony que já estava a caminho ao mesmo tempo que avisava a empregada de sua esposa que já havia chegado no Rio de Janeiro.

Você sabe se o cliente tem Pilot? — perguntou o jovem de terno e gravata.

Tem — respondeu o jovem de terno e gravata.

Então vou enviar o paper via infravermelho — explicou o jovem de terno e gravata.

O Hyundai azul deslizava pela orla marítima.

Sabe, desde que estou hands free, aumentei minha produtividade em 20% — disse o jovem de terno e gravata.

Oh, isso é very good — respondeu o jovem de terno e gravata enquanto ligava seu superlaptop PowerBook G10 de 5000 MHz que sempre abria com a mensagem na tela de cristal líquido: Olá, Max. Lindo dia, hein?

Cara, ontem eu fui a uma festa e tinha um panaca que não sabia nada de wireless, scroll down, beam address e muito menos de spread. Perguntei se ele costumava fazer download em high speed e o imbecil me olhou com cara de mamute dos anos 60 e disse O quê????? — contou o jovem de terno e gravata.

Ah, não dá para perder tempo com esses dummies. Tem que dar logo um shut down e mandar o cara pro space — comentou o jovem de terno e gravata, enquanto navegava wireless através do analogic modem do seu superlaptop PowerBook G10 de 5000 MHz.

O Hyundai azul parou no semáforo da República do Chile com a República do Paraguai. O jovem de terno e gravata tentava dar um reply numa message quando um jovem de camiseta dos Rolling Stones e boné do Public Enemy encostou na porta do Hyundai azul, mostrou o cano do três oitão e intimou Aí, playboy, libera logo os troco se não quiser levar um pipoco no coco.

O quê????? — gritou o jovem de terno e gravata e enfiou a mão no bolso do paletó para atender o outro celular Erickson preto que estava tocando.

O jovem de camiseta dos Rolling Stones e boné do Public Enemy pensou que o jovem de terno e gravata enfiara a mão no bolso do paletó para sacar uma arma.

O tiro abriu um rombo um pouco acima da orelha do jovem de terno e gravata. Pedaços de miolos grudaram no pára-brisa do Hyundai azul e escorreram pela tela do minicomputador Palm translúcido e do superlaptop PowerBook G10 de 5000 MHz. O minicelular prateado com tecnologia WAP caiu no tapete do Hyundai azul fazendo pam-pam-pam-pam. O jovem de camiseta dos Rolling Stones e boné do Public Enemy correu em direção ao Largo da Carioca e desapareceu no turbilhão de transeuntes.

O jovem de camiseta dos Rolling Stones e boné do Public Enemy era um sobrevivente da Chacina da Candelária, crime que alcançou enorme repercussão em todo o Brasil e no exterior alguns anos antes. Vivia nas ruas do Rio de Janeiro, dormindo embaixo de marquises de edifícios públicos e conhecia alguns aviões que vendiam papelotes de cocaína para jovens de terno e gravata que trabalhavam em agências de publicidade e em corporações multinacionais.

NOTÍCIAS PASSADAS
NÃO MOVEM MOINHOS

O Plantão Jovem Pan informa:

O motorista do táxi aumentou o volume do rádio. Mesmo que não quisesse, Eu tinha que ouvir.

Um jovem de terno e gravata será assassinado dentro de alguns minutos no cruzamento da República do Chile com a República do Paraguai. O jovem de terno e gravata estará a bordo de um Hyundai azul e será assassinado com um tiro um pouco acima da orelha. O motorista do Hyundai Azul dirá à polícia e à imprensa que o autor do disparo trata-se de um jovem de camiseta dos Rolling Stones e boné do Public Enemy.

Esta cidade vai de mal a pior, comentou o motorista do táxi, abaixando o volume do rádio.

Este é o Plantão Jovem Pan. A Notícia Antes dos Fatos.

Eu não disse nada. Estava pensando nas palavras do mestre zen. Ele disse que tudo é ilusão ou que tudo é ficção?, Eu se perguntava.

As palmeiras imperiais da orla marítima tremulavam ao contato da brisa. Um cardume de peixes azuis ziguezagueava sob a superfície do oceano, cujas ondas rolavam pela praia de Botafogo. Uma gaivota planava na brisa que ondulava as folhas das palmeiras imperiais. A Terra girava em torno de si mesma e em torno do Sol.

O Plantão Jovem Pan informa:

O motorista do táxi aumentou o volume do rádio novamente.

O jovem de terno e gravata que seria assassinado dentro de alguns minutos no cruzamento da República do Chile com a República do Paraguai não será assassinado. Na verdade, o assassinato será apenas uma cena do próximo filme do diretor americano Quentin Tarantino, que está sendo rodado no Rio de Janeiro.

A imprensa vai de mal a pior, comentou o motorista do táxi, abaixando o volume do rádio novamente.

Este é o Plantão Jovem Pan. A Notícia Antes dos Fatos.

Eu não disse nada. Continuava pensando nas palavras do mestre zen. Ele disse que o eu é ficção. Sim, foi isso, Eu concluiu e se espichou no banco traseiro do táxi.

Mas o que ele quis dizer com isso?

UM SIMPLES NÚMERO
PODE MUDAR TUDO

Claro, não se trata de algo corriqueiro, um negócio besta qualquer, como fritar um ovo, apanhar o sabonete caído no chão do box, levar o cachorro para fazer cocô na praça em frente ao prédio, marcar um encontro com a namorada antes de uma peça do Gerald Thomas, escovar os dentes depois do almoço, jogar futebol aos sábados pela manhã ou telefonar para a avó de 97 anos e perguntar quais são os planos para o futuro, querida vovó — essas coisas banais que todo mundo faz sem a mínima hesitação.

Mas também não se trata de nenhum incêndio no edifício Andraus.

Tudo bem, o interruptor da lâmpada deveria estar bem aqui, à esquerda da porta, logo na entrada do apartamento. Não está, fazer o quê? É esta maldita mania de querer encontrar as coisas sempre no exato lugar em que a deixamos. Vai ver o interruptor da lâmpada nunca esteve aqui, à esquerda da porta, logo na entrada do apartamento. Quem pode garantir isso? Eu? Jamais. Eu não.

E tem mais. Pra que acender a lâmpada a esta hora do dia?

Eu estava decidido a não arrumar encrenca com a realidade.

O interruptor da lâmpada está lá, no outro lado da sala, e não aqui, logo na entrada do apartamento. Isso é tudo e o dia está lindo — Eu pensou, jogando a mala em cima da cama de solteiro.

Solteiro?

É. Cama de solteiro. Até uma criança de três anos de idade saberia que aquilo ali é uma cama de solteiro. Não há a menor dúvida. Uma cama de solteiro como milhões de outras camas de solteiro que existem no mundo.

Mas é lógico que havia uma cama de casal neste quarto. Ficava bem ali, ó. Não está mais. Qual o problema? Vai ver choveu, entrou água pela janela e a cama encolheu. Pode acontecer. Isso é tudo e o dia está lindo — Eu pensou, enquanto abaixava as calças e se sentava no assento do vaso sanitário.

Assim que sentiu uma superfície gelada pressionando suas nádegas, Eu saltou no espaço do banheiro, como um trapezista do circo Vostok, e quase enfiou o nariz na parede de ladrilhos azuis.

Ah, não, aí já é demais. Havia um desgraçado de um assento de plástico neste vaso sanitário. Disso eu tenho certeza.

Ainda levantando as calças Eu atravessou o corredor e a sala como um carro de fórmula 1, abriu a porta do apartamento e olhou o número pregado no lado de fora: 122.

122! 122! Ah, ah, ah. 122!

Eu apanhou a mala em cima da cama de solteiro, atravessou todo o apartamento, fechou a porta e entrou no 123.

O ESCRAVO PSIQUIÁTRICO

O sol batia de frente no Cristo Redentor. O termômetro da avenida das Nações Unidas marcava 32 graus. A brisa tremulava as folhas das palmeiras imperiais.

Uma bela tarde para um passeio pela orla marítima.

Mas como o eu pode ser ilusão? Se alguém me tortura, eu sinto dor. Se Ela chupa meu pau, eu sinto prazer. Se eu fico sem grana, estou frito. Se aquele tigre, aquele leão e aquele lobo me pegam, pronto, acabou, eu ia virar bife cru no estômago daquelas feras. O eu é ilusão o cacete!, Eu tamborilava o próprio cérebro quando.

Um Hyundai azul vinha a mil por hora na avenida das Nações Unidas.

Os olhos de Eu arregalaram-se.

Um Hyundai azul a mil por hora na avenida das Nações Unidas não era nenhuma novidade. Toda hora Hyundais, Ômegas, Pajeros, Cherokees e Land

Rovers passavam a mil por hora na avenida das Nações Unidas.

O único problema é que Eu estava bem no meio da avenida das Nações Unidas, travado de susto, imóvel como o busto de Castro Alves na praça Castro Alves. O Hyundai azul avançava a mil por hora. Eu não conseguia dar um passo que fosse, para frente ou para trás.

O eu é ilusão, o eu é ilusão, o eu é ilusão. Sim, o mestre zen está absolutamente certo, Eu repetia num grito surdo que ecoava nas paredes do seu próprio crânio.

Ei, dummie son of a bitch. Quer morrer? — o jovem de terno e gravata que dirigia o Hyundai azul gritou, com a mão enterrada na buzina, desviando de Eu com uma manobra very fast.

Não, Eu não queria morrer.

Assim que o Hyundai azul passou e o grito do jovem de terno e gravata tornou-se um amontado de letras, sílabas e palavras dispersas na brisa da orla marítima, Eu lembrou-se das aulas de kung fu e com três saltos dignos de um faixa preta, sincronizados com gritos curtos e repentinos, alcançou o canteiro central da avenida das Nações Unidas.

Assim que alcançou o canteiro central, Eu esqueceu-se das aulas de kung fu e despencou no gramado, o coração batendo como um liquidificador Walitta desgovernado.

Eu permaneceu ali durante cinco minutos e dezoito segundos, imóvel, deitado de costas, com os braços abertos, o sol batendo em seu corpo, o mesmo sol que batia no Cristo Redentor, de braços abertos no cume do Corcovado.

O susto já havia passado quando Eu resolveu se sentar no gramado.

Não vai ser um idiota de um Hyundai azul que vai estragar meu passeio. Vamos lá, Eu. Em forma, marche!

Eu marchou sete passos e viu o mesmo mendigo que há meses via no mesmo local sempre fazendo a mesma coisa: escrevendo.

Um mendigo qualquer, vestido com roupas encardidas, calças rasgadas, uma espécie de coroa de plástico na cabeça, sentado num latão de óleo no gramado do canteiro central da avenida das Nações Unidas.

Um mendigo qualquer como os outros 5 mil mendigos que moram nas ruas do Rio de Janeiro, sem carteira de identidade, conta bancária, cartão de crédito, nem sequer um barraco de madeira e telhado de zinco.

Mas o que um mendigo qualquer escreveria naquelas folhas de papel almaço, todos os dias, com uma impressionante disciplina?

História da polícia

Atendo-se à Lenda Bíblica, o primeiro policial foi o Criador de todas as coisas e a primeira Ocorrência Policial, a expulsão de Adão e Eva do Jardim do Éden.

Natureza da ocorrência: Atentado ao Pudor.

Caligrafia e loucura

Através da imprensa comum, sabemos que as enfermidades mentais ocupam o 1º lugar entre os pacientes do INPS. Cérebro humano, obra-prima da Natureza, credor de nossos maiores cuidados e desvelos. Analfabeto, que já li páginas de alguns expoentes da psiquiatria, descobri que pode diagnosticar-se a sanidade mental de qualquer pessoa analisando-se simplesmente sua caligrafia. Texto sem erros, rasuras, borrões, sanidade mental 100%. Caligrafia desigual, feia, cheia de erros, quanto maior a quantidade, mais grave seu estado. Qualquer pai, mãe, membro da família, pode examinar por este método e enviar ao psiquiatra (da família), sem perda de tempo, os necessitados de tratamento.

* * * * *

Sua família pode ser sadia 100%, entretanto pode estar escravizada psiquiatricamente como estou.

* * * * *

O modestíssimo autor destas despretensiosas auto-observações, não é doente mental, porém 100% escravizado psiquiatricamente pela oligarquia dominante.

Futuro do Mundo

*O futuro do mundo reside hoje, fundamentalmente,
em duas coisas: Eletrônica e Psiquiatria.*

* * * * *

(O Maior Casamento na Ciência) é o do Pensamento com a Eletrônica. Ambos, abstratos.

* * * * *

Só a Eletrônica pôde fazer a grandeza da Psiquiatria, que é pensamento. E este, é o responsável pela civilização.

O mendigo escrevia coisas assim.

Eu não sabia que o mendigo escrevia pequenos livretos, confeccionava as próprias capas e os encadernava com agulha e linha, com tiragens de 45 exemplares, todos copiados à mão. Na primeira página, sempre a mesma advertência: "O autor só distribui o que produz em páginas autografadas. Este, se não for original manuscrito, hipnotizaram o autor, roubaram-lhe o original e fizeram reprodução." Os livretos eram assinados com o pseudônimo O Condicionado. Tratavam de psiquiatria, eletrônica, política e de observações da vida nas ruas da metrópole.

Eu não sabia nada disso.

Sempre que passava por ali, Eu ficava intrigado com a figura daquele mendigo, mas nunca puxava conversa.

Desta vez, seria diferente.

Eu se aproximou do mendigo e foi logo perguntando: Eu passo sempre por aqui e vejo o senhor escrevendo. O que o senhor escreve?

O mendigo parou de escrever. Continuou olhando o papel. Sem levantar os olhos, finalmente respondeu: São coisas pessoais, não interessam a ninguém.

O mendigo continuou com a cabeça baixa, a caneta na mão, olhando para o papel cheio de letras, sílabas, palavras, frases, parágrafos.

Eu insistiu: Mas o senhor escreve o tempo todo.

Como se falasse para si mesmo, o mendigo retrucou palavras duras, porém, sem nenhuma agressividade no tom de voz: Só porque estou na rua, exposto a tudo, acham que podem dirigir a palavra a mim quando bem entendem. Será que não percebem que estou trabalhando?

Eu não esperava pela resposta.

Eu olhava para o mendigo. O mendigo olhava para o papel.

Eu estava disposto a insistir: Muitas pessoas procuram o senhor para conversar?

O mendigo continuou de cabeça baixa, olhando para o papel. Quando resolveu falar, foi ainda mais áspero: A maioria das pessoas que param para conversar comigo não tem cultura. São pessoas vazias. Não entendem o que eu digo. O que querem comigo? Não quero ser grosseiro com ninguém. As pessoas não deveriam puxar conversa comigo. Porque eu me aborreço e acabo também as aborrecendo.

Eu estou aborrecendo o senhor? — Eu continuou insistindo.

O mendigo não disse nada. Eu sentia-se constrangido com o silêncio, mas resolveu não se mover do lugar em que estava.

Subitamente o mendigo voltou a falar, mantendo a cabeça baixa, os olhos pregados no papel: Antes que o senhor me pergunte, como fazem todos os outros, eu posso dizer-lhe: enganam-se os que pensam que sou um mendigo. Sou uma vítima das oligarquias nacionais.

Vítima das oligarquias nacionais?, as palavras ecoavam no cérebro de Eu. Eu não conseguia acreditar no que estava ouvindo daquele maltrapilho, sentado num velho latão de óleo, no canteiro central da avenida das Nações Unidas.

Sou um civil. Nunca tive problemas com os militares nem com a polícia. Podem procurar minha ficha. Sou apenas um homem que defende a legalidade — o mendigo disse. E voltou a ficar em silêncio.

Eu estava espantado com as palavras do mendigo e um tanto inquieto com a maneira como ele se comportava, sem jamais levantar a cabeça, como se estivesse numa sala de interrogatório. Eu não sabia se o mendigo o confundia com um policial à paisana, um funcionário da prefeitura ou algo do gênero.

O silêncio não incomodava o mendigo. Estava acostumado a espantar os curiosos daquela maneira. Simplesmente calando a boca.

Sem saber exatamente por que, Eu recitou um poema que lera há alguns anos e que jamais esquecera. O nome do autor, não se lembrava. Mas aqueles versos, guardava de cor e salteado na memória.

endiabrado
como
um louco
cego
e bêbado

entristecido
como
um lago
seco

torto
de desgosto
mas ainda
teso
e forte

mesmo rouco

todo machucado

e quase morto

o fauno

inflama

a face inchada

e crispa

a casca

da lua cheia

tudo se incendeia

O mendigo olhou bem para os olhos de Eu.

Depois dos Campos, aqueles dois irmãos que criaram a Poesia Concreta, não aconteceu nada de extraordinário na poesia brasileira.

Eu não acreditou no que ouviu.

O mendigo olhou para os cacarecos cobertos com um plástico imundo, depois olhou para o céu e voltou a olhar para as folhas escritas, apoiadas nos joelhos.

Eu gostava de ler o Suplemento Literário do jornal O Estado de S. Paulo nos anos 60. Naquela época havia intelectuais de verdade, que sabiam polemizar, sabiam escrever um texto. Não estou falando de escritores que lêem os outros, roubam argumentos e escrevem seus livros. Esses não valem nada. Infelizmente, são a maioria.

Eu sentou-se na grama boquiaberto e permaneceu com os olhos fixos no mendigo.

Eu não sabia que o mendigo conhecia a obra de escritores como Machado de Assis, Camões, Castro Alves, Mário de Andrade e Augusto de Campos, admirava o ensaísta Paulo Prado, de quem lera *Retratos do Brasil*, e detestava ser chamado de mendigo.

Eu olhou para as unhas encardidas do mendigo.

O senhor é escritor?

Vivem perguntando a mesma coisa. Ora, como alguém em sã consciência pode achar que um escritor estaria na situação em que me encontro?

Cada resposta do mendigo aumentava o espanto e a surpresa de Eu.

Mas por que o senhor está nesta situação?

Muitos fingem desconhecer a realidade em que vivemos. Não tenho mais paciência para explicar o que se recusam a ver.

Longo silêncio. O mendigo olhava para as folhas de papel almaço.

Eu olhou para a barba suja e desgrenhada do mendigo.

Não sou escritor nem poeta. Não gosto de escrever. Escrevo por necessidade.

Silêncio.

Eu olhava atentamente para os olhos fundos do mendigo, o rosto vincado, queimado pelo sol.

Eu escrevo o dia inteiro. À noite, eles chegam, mexem nos meus papéis e modificam tudo o que escrevi. No dia seguinte, tenho que reescrever tudo novamente.

Eles quem?

Se as pessoas não têm conhecimento de psiquiatria, por que querem conversar comigo? O senhor sabe o que significa ser um escravo psiquiátrico?

Não.

A maioria está nesta condição e nem sabe — emendou o mendigo. Sei que muitos pensam que sou um doente mental. Estão enganados. Sou um escravo psiquiátrico.

Eu não sabia o que dizer.

Muitas pessoas que passam por aqui com seus carros me olham com pena, mas são escravos como eu.

Eu continuava sem saber o que dizer.

Eu, pelo menos, não tenho que correr a 120 por hora para pagar minhas contas.

O mendigo se calou. Eu olhou para a pilha de jornal coberta com um saco transparente, ao lado de uma caneca velha e amassada.

O senhor gosta de ler jornais?

Para quê? Não sei quem é o prefeito, quem é o governador ou o presidente da República, não leio jornais nem vejo televisão. As notícias do mundo simplesmente não me interessam mais.

O mendigo olhava para o chão. Não demonstrava impaciência, mas também não se mostrava amistoso ou disposto a continuar com a conversa.

Subitamente olhou para Eu e disse:

Não sou doente mental nem mentiroso. A imprensa é.

Eu estava desconcertado. O mendigo dizia duas ou três frases e se calava.

Quando vou poder ler a verdade nas páginas dos jornais? — perguntou, olhando nos olhos de Eu.

Antes que a conversa caísse no silêncio novamente, Eu arriscou: Se eu fosse jornalista, o senhor me daria uma entrevista?

Não quero dar entrevistas, não gosto de ser fotografado. Os jornalistas só vêm aqui para me explorar, para ganhar dinheiro nas minhas costas.

A resposta foi rápida. Depois, silêncio. O mendigo não esboçava o menor sinal de interesse em continuar conversando. Ao contrário, preferia manter-se fechado em seu isolamento.

Não consigo entender como um homem como o senhor pode estar vivendo nas ruas — Eu finalmente falou.

O mendigo voltou a olhar nos olhos de Eu.

Simples: violação dos direitos humanos.

Silêncio. Um jovem de camisa estampada com flores amarelas e azuis, que passava pela avenida das

Nações Unidas em um Passat 2.0 botou a cabeça pra fora da janela e gritou: Aí, doidão.

O mendigo olhava para o céu. Tinha os olhos fundos, porém firmes.

Gostaria de ir embora do Brasil, mas as autoridades não me deixam — voltou a falar, subitamente. Gostaria de ir para a França. Já procurei o consulado para pedir asilo político, mas nenhuma autoridade se interessou pelo meu caso.

Quem é este homem?, Eu pensava, intrigado. O que está fazendo na rua?

Como o senhor se chama? — Eu quis saber.

Para que um nome? Para atender quando as pessoas chamam?

Eu não sabia que aquele homem chamava-se Raimundo Arruda Sobrinho. Nascera na zona rural do Estado de Goiás, em 1938. Mudara-se para São Paulo aos 23 anos de idade. Fora vendedor de livros, tivera uma boa biblioteca e uma coleção de fotografias. Cursara o magistério mas jamais chegou a lecionar. Em 1976, sofrera um surto psíquico em função de uma desilusão amorosa e acabara internado num hospital psiquiátrico. Quando saiu, foi morar na rua.

Eu não sabia nada disso.

Mas Eu queria saber o que aquele homem estava fazendo na rua.

Foi o que Eu perguntou.

A resposta não poderia ser mais desconcertante.

Existe uma famosa lei da Física que diz que um corpo *tem* que ocupar um lugar no espaço.

A REVISTA

Eu não conseguia tirar o mendigo da cabeça. Enquanto caminhava pelas ruas de Botafogo, pensava naquele homem, vestido com trapos velhos, sentado num latão de óleo, exposto à violência das ruas, a barba e os cabelos sujos, desgrenhados. O que teria acontecido com ele? Como ele fôra parar nas ruas? Como podia manter aquela dura lucidez em meio ao desamparo, à degradação, à sujeira? Como uma pessoa que conhece Camões, Machado de Assis, Mário de Andrade, pode chegar àquela situação? Tanto filho da puta ignorante roubando dinheiro público, tanto popstarzinho de merda botando banca de artista e enchendo o cu de grana, tanta apresentadora de televisão dizendo que está muito feliz, que está vivendo a melhor fase da sua carreira, agradecendo a Deus pela sorte de ter dado certo na vida, e aquele homem ali, vivendo como um rato, comendo sabe-se lá o quê, passando frio, dormindo no chão duro, sem uma porra de um telhado para se abrigar da chuva. Por que ele se diz um escravo psiquiátrico? Deve ter pirado por algum motivo, acabou caindo num manicômio e aí fuderam com a cabeça dele. Mas o cara não é louco. Um cara que diz o que ele diz não é louco.

Eu estava tão intrigado com aquele mendigo que nem percebeu ter pisado na foto de um mendigo, vestido com roupas encardidas, calças rasgadas, uma espécie de coroa de plástico na cabeça, sentado num latão de óleo, estampada nas páginas de uma revista jogada na calçada da rua São Clemente.

A revista trazia uma reportagem sobre um mendigo que conhecia Camões, Machado de Assis e Mário de Andrade.

Quem passa freqüentemente pela avenida Pedroso de Moraes não tem como deixar de perceber a presença de um homem vestido com roupas encardidas, calças rasgadas, uma espécie de coroa de plástico na cabeça, sentado num latão de óleo no meio do canteiro central. Há mais de um ano está ali, no mesmíssimo lugar, como se já pertencesse à paisagem. Visto da janela dos carros reluzentes que cortam o elegante bairro de Alto de Pinheiros, não passa de mais um dos quase 5.000 moradores de rua de São Paulo, sem carteira de identidade, conta bancária, cartão de crédito, sem sequer um barraco de madeira e telhado de zinco para se abrigar. O que intriga, porém, é que ele cultiva um hábito nada comum aos que estão nas suas condições: em vez de pedir trocados no semáforo mais próximo, passa o dia escrevendo.

Eu pisou na revista jogada na calçada da rua São Clemente sem perceber o que estava escrito em suas páginas.

Apesar da antiga paixão pela leitura, há 20 anos Raimundo não lê absolutamente nada, desde que se "desligou do mundo", em 1976. Para ele, não existiram o videogame bélico da Guerra do Golfo, o desmantelamento do império soviético, o impeachment do presidente Fernando Collor de Mello, o assassinato do primeiro-ministro israelense Yitzhak Rabin e a turnê dos Rolling Stones no Brasil.

Se tivesse parado, apanhado a revista e lido a reportagem, talvez Eu ficasse um tanto intrigado.

Semelhante aos outros milhares de moradores de rua, Raimundo sabe que as portas estão fechadas para ele. Como um personagem das peças de Samuel Beckett, simplesmente aceita a passagem dos dias, sem esperar nem desejar nada. Nem mesmo diante da violência das ruas ele esboça algum temor ou destemor. "Na situação em que me encontro, de que adiantaria ter ou deixar de ter medo?", questiona. Como um enigma, uma acusação explícita às injustiças sociais, ele simplesmente permanece ali, no meio do canteiro central de um bairro rico de uma metrópole que se gaba de ser internacional, escrevendo seus tratados contra a corrupção humana. "Muitos fingem desconhecer a realidade em que vivemos e me perguntam por que estou morando aqui. Não tenho mais paciência para explicar o que se recusam a ver", dispara, com sua lucidez cortante. Aos que insistem, Raimundo responde categórico: "Existe uma famosa lei da física que diz que um corpo tem que ocupar um lugar no espaço."

Mas Eu nem notou que pisara na foto do mendigo estampada nas páginas da revista jogada na calçada.

Continuou caminhando pelas ruas de Botafogo, pensando naquele mendigo, enquanto o sol se escondia no horizonte e os holofotes começavam a iluminar o Cristo Redentor de braços abertos no cume do Corcovado.

Eu ainda pensava no mendigo quando abriu a porta do 123, tocou o interruptor da lâmpada à esquerda, logo na entrada do apartamento, e a luz se acendeu.

LIGAÇÃO INTERROMPIDA

Eu não pensava mais no mendigo quando saiu do banho.

Eu pensava em Ela.

Ah, minha doce Sabedoria. Ah, minha selvagem Luxúria.

Eu pensava em Ela enquanto olhava o céu coalhado de estrelas.

Será que ela está na janela olhando as estrelas, as mesmas estrelas que eu vejo daqui da minha janela?

Eu foi até a estante de CDs.

Será que ela está pensando em mim enquanto olha as estrelas?

Eu apanhou *Diane*, de Chet Baker e Paul Bley na estante de CDs.

Será que ela acabou de sair do banho e está nua, na janela, olhando as estrelas e pensando em mim?

Eu colocou *Diane* para tocar.

Ah, minha doce Sabedoria. Ah, minha selvagem Luxúria.

As notas do trumpete e do piano flutuavam pela sala do apartamento quando Eu levantou o fone do gancho.

Pelado na sala do apartamento — o Cristo Redentor emoldurado pela janela, a toalha molhada jogada no chão ao lado da poltrona —, segurando o aparelho com a mão esquerda, o fone preso entre a orelha e o ombro, Eu discou para a casa de Ela, em São Paulo.

Ah, minha doce Sabedoria. Ah, minha selvagem Luxúria.

Eu pensava no que diria a Ela quando Ela atendesse o telefone.

Olá, minha Selvagem Luxúria de lábios talhados pelo bisturi de Deus.

O telefone tocou a primeira vez.

Olá, minha Druida do Sexo e do Prazer capaz de ler os augúrios nos espasmos do Gozo Supremo.

O telefone tocou a segunda vez.

Olá, minha Sacerdotisa Tântrica conhecedora de todos os caminhos que levam ao Palácio do Prazer.

No terceiro toque do telefone, Ela atendeu.

— Alô.

— Olá, minha Serpente Libertina dos Jardins do Éden.

— Quem está falando? — uma voz ríspida chegou ao ouvido de Eu.

— É Eu, minha Sereia Sedutora dos Lábios de Magnólia.

— Eu? Seu filho de uma puta! Você ainda tem coragem de me ligar?

Eu não entendeu muito bem.

— Seu canalha, filho de uma puta. Eu pego você trepando com um travesti e você ainda tem coragem de me ligar?

Eu não entendeu muito bem mesmo.

— Você é um Monstro. Você é Ninguém pra mim.

— Mas...

— Me esquece, seu pulha. Já falei e vou repetir: você não tem densidade psicológica.

— Mas...

Pam-pam-pam-pam-pam-pam — o fone caído no assoalho da sala do apartamento emitia aquele terrível som estridente, ofendendo o solo de trumpete de Chet Baker.

A RUPTURA

Dava dó ver Eu naquele estado: o queixo caído como uma maria-mole, os olhos esbugalhados como os olhos do Homem-mola, as orelhas abanando como as orelhas do elefante Dumbo, o telefone caído no assoalho da sala repetindo aquele monótono pam-pam-pam-pam-pam-pam.

RESISTÊNCIA FAZ PARTE
DO TRATAMENTO

O que está acontecendo, Meu Deus? O que está acontecendo? Eu não estive naquela festa. Ela mesma disse que nós não estivemos naquela festa. Ela dormiu comigo no hotel Della Volpe. Eu tenho certeza. Nós fomos juntos assistir à peça do Beckett. Nós jantamos no Sujinho e depois fomos para o motel Astúrias. Eu não estive em festa nenhuma. Eu não comi travesti nenhum. Eu não estou louco. Eu tenho certeza. Eu chupei os peitos dela no motel Astúrias. Ela deu pra mim no motel Astúrias. Eu lembro bem, lembro bem. Como esquecer quando ela foi levantando a bunda e ficou de quatro e pediu: Mete em mim, meu querido, mete, mete, Mete seu pau bem no fundo de mim, eu quero sentir seu pau me arrombando, me fode, pelo amor de Deus, me arrebenta, me arromba, eu quero me sentir violentada, eu quero me sentir arrombada, eu quero sentir o seu pau enorme abrindo meu corpo, como esquecer o jeito que ela gemia Aaaaaaaahhhhhhhhhhhhh, aaaaaaaa aahhhh-hhhhhhhhhh, aaaaaaaaaaaaaaahhhhhhhhhhhh, como esquecer que ela gemia e gritava Que pau delicioso, que pau enorme, aaaaaaaaaaaaaaaaaaaaaaaaaaahhhhhh-hhhhhhhhhhhhhhhhhhhhhhhh, como esquecer que ela pedia Isso, mete, mete, enfia mais, mete tudo, me arrebenta, me come, hhhhhhhhhhhuuuummmm, hhhhh-hhhhhhhuuuuuuuuuuuuuuuuuuuuuuuuuuuuuuuuummm-mmmmmmmmmmmmm, hhhhhhhhhhhhhhhhhhhhhhh-hhhuuuuuuuuuuuuuuuuuuuuuuuummmmmmmmmmmmm-mmmmmmmmmmmmmm, eu não estou louco, eu ainda posso ouvir os gemidos dela, eu lembro bem daquele maldito aleijado sem mãos na fileira de trás, eu lembro bem daquela Chita sentada ao lado do maldito aleijado sem mãos na fileira de trás, eu lembro daquele barulhinho de papel de bala, eu lembro daquele desgraçado daquele moleque pedindo um trocado na porta do Sujinho, ah, eu devia ter dado um tabefe na cara daquele moleque desgraçado, isso, eu devia ter dado um tabefe na cara daquele moleque e um tiro na testa daquela Chita, eu devia ter amarrado os braços daquele aleijado sem mãos e gritado na cara dele Você não existe, maldito, estúpido, desgranhento, você é um idiota que está aqui na fileira de trás apenas para atazanar minha vida, eu devia ter

O telefone tocou.

Eu não lembrava de ter colocado o telefone no gancho novamente. Nem se dera conta de que estava ali, no chão da sala, surtado, sabe-se lá há quanto tempo.

Não é possível. É Ela. Nada disso está acontecendo. É Ela, claro, está morrendo de saudades e está me ligando. É Ela, é Ela.

— Alô.

— Gostaria de falar com Eu.

A voz não era de uma mulher.

— Quem está falando?

— Nós.

— Nós?

— É, o antropólogo, de São Paulo. A festa, lembra?

— Festa?

— Olha, eu tenho uma coisa muito importante pra te dizer.

— Eu não conheço nenhum Nós. Eu não estive em festa nenhuma.

— Você me conhece e sabe muito bem que esteve na minha festa. Não adianta se enganar, Eu. Você me conhece e conhece Você.

— Você?

— É, Você e Vós. Nós levamos você até o hotel Della Volpe.

— Quer dizer que eu estive naquela festa?

— Esteve.

— É mentira.

181

— Eu

— É mentira.

— Eu

— É mentira — Eu gritou a plenos pulmões e pensou em bater o fone no gancho com toda a força.

— Eu, não desligue. Eu tenho uma coisa muito importante pra te dizer.

— É mentira.

— Escute, Eu.

— É mentira — Eu continuava repetindo, como um disco enroscado na vitrola.

— Eu, escute. Eu descobri o endereço do Narrador.

— Narrador? — Eu desenroscou o disco.

— É.

— Que narrador?

— Eu, você precisa saber a verdade.

— Que verdade? Quem é você?

— Dá pra você se acalmar?

Longo suspiro. O sofá, sim, o sofá. Basta dois passos. Sente-se. Isso, Eu. Acalme-se.

— Tudo bem, tudo bem, estou calmo.

— Eu, você tem que entender. Eu sei que é difícil. Às vezes a vida parece um sonho.

— Sonho, não. Pesadelo.

— Eu sei. Mas, olha, todos nós fazemos parte de uma ficção.

— Que ficção?

— Escute, Eu. Você se lembra que, quando chegou na minha casa, viu uma frase pichada na parede da sala?

— Lembro. Quer dizer, não. Não lembro.

— O que dizia a frase?

— Mas eu nunca estive na sua casa.

— Você disse que havia uma frase pichada na parede da sala.

— Está bem, eu disse. E daí?

— E daí que está na hora de encarar os fatos, Eu.

— Que fatos? Se você sabe alguma coisa, fale logo.

— Eu já falei. Nós todos somos personagens de uma ficção.

— Personagens?

— É.

— Como assim?

— Existe um Narrador que está conduzindo nossas ações e até nossos pensamentos.

— Você está dizendo que eu não existo?

— Não, eu estou dizendo que descobri o endereço do Narrador.

— E eu com isso?

— Venha para São Paulo amanhã. Eu já fiz a reserva no vôo da Vasp das 11h15. A passagem está paga.

— Olha aqui, Nós. Você está dizendo que eu sou um personagem de uma ficção?

— Isso.

— Muito bem, muito bem, eu sou um personagem de ficção. É isso?

— É.

— Ora, se sou realmente um personagem de ficção eu posso simplesmente me desmaterializar no Rio e aparecer amanhã cedo em São Paulo. Pra que passagem de avião?

— Você não tem esse poder. Você é apenas um personagem, Eu.

— E quem é que tem esse poder?

— O Narrador.

— Quer dizer que existe um narrador? Eu sou um personagem nas mãos de um narrador?

— Isso.

— Um narrador que sabe tudo o que está acontecendo?

— Sabe.

— Sabe até que nós estamos conversando neste momento?

— Talvez ele esteja dormindo.

— E personagens de ficção podem conversar assim, enquanto o narrador está dormindo?

— Não é comum, mas pode acontecer.

— Isso é absurdo.

— Eu te espero amanhã no aeroporto de Congonhas. Boa noite, Eu.

— Espere

Pam-pam-pam-pam-pam-pam.

A REVOLTA

Então é isso. É esse pulha que está me sacaneando. Marcianos, Chita, aleijadinho sem mãos, barulho de papel de bala, celebridades, chiques e famosos, tudo invenção desse canalha. Mendigo, Hyundai azul, mestre zen, também são todos invenções desse crápula? Olha aqui, seu narrador de meia-pataca, eu sei que você está me ouvindo. Eu não posso te ver, mas eu sei que você está me ouvindo. Por que você não aparece, covarde? Você que é tão poderoso, desce aqui, vamos levar um lero. Esta sala é grande o bastante pra nós dois. Vamos lá, covarde. Aparece. Bota teu focinho nesta sala que eu arrebento tua cara. Palhaço. Imbecil. Ah, mas você me paga. Você vai ver só o que eu vou aprontar, seu pau-no-cu.

— Ô, meu, quer calar essa boca e ir dormir? São duas e quinze da manhã, estúpido.

Cala a boca você, troglodita. Faz tempo que eu estou com você entalado aqui, ó, na garganta. Não sei por que existem vizinhos nesse mundo. Aliás, fique sabendo que você não existe. Sabia? Você não existe, escrotão. Você não passa de um personagem de ficção. Ah-ah-ah, um personagenzinho qualquer. Nem nome tem, idiota. Vocês vão ver uma coisa, cambada de amebas insignificantes.

PONTE AÉREA III — A REVANCHE

Eu estava sentado no saguão do aeroporto Santos Dumont tentando ler as resenhas do caderno Prosa e Verso do Jornal O Globo quando.

Ah, não. Dessa vez, não. Você não vai começar com essa lenga-lenga de novo. Narrador de bosta. Cuzão. Já sei o que você vai escrever. Vai escrever que eu estava ligeiramente apreensivo por estar no saguão do aeroporto Santos Dumont aguardando a hora do embarque, que eu estava ligeiramente apreensivo não exatamente por estar no saguão do aeroporto Santos Dumont aguardando a hora do embarque, mas por estar retornando a São Paulo para me encontrar com Nós, que eu estava ligeiramente apreensivo e meio doido, que eu estava apreensivo por estar retornando a São Paulo para me encontrar com Nós e meio doido por ter fumado um baseado enorme antes de sair do apartamento, que eu tentava ler as resenhas do caderno Prosa e Verso mas não conseguia passar dos títulos, Penso, sou Descartes, Dúvida, um bom instrumento na busca da verdade, Cromwell, além do bem e do mal, Como Balzac revolucionou a mente de três chineses, O enigma Gregório de Mattos, que eu pensava três quatro e até mesmo cinco coisas ao mesmo tempo e não conseguia ler as resenhas do caderno Prosa e Verso, que eu pensava nos peitos e na bunda de Ela enquanto lia os títulos das resenhas Penso, sou um enigma, Gregório de Mattos, um bom instrumento na busca da dúvida, Três chineses além de Descartes, Cromwell revolucionou a mente de Balzac, A verdade do bem e do mal, que eu pensava nos peitos e na bunda de Ela e não estava minimamente interessado em enigmas, dúvidas, verdades, chineses, muito menos em Gregório de Mattos, Balzac, Cromwell e Descartes, que eu estava no saguão do aeroporto Santos Dumont, ligeiramente apreensivo e meio doido, com o caderno Prosa e Verso dobrado no colo, tentando lembrar cada detalhe do corpo de Ela, que eu lembrava bem daquele rosto branquinho, os cabelos lisos, os lábios carnudos, os olhos castanhos, que eu lembrava mais ainda daquela bunda!, daqueles peitos!, daquela xota!, que eu estava no saguão do aeroporto Santos Dumont, ligeiramente apreensivo e meio doido, com o caderno Prosa e Verso dobrado no colo, de pau duro, pensando que a Sabedoria e a Luxúria eram realmente tudo o que eu imaginara e que não estava disposto a perdê-la, que eu parecia mergulhado em um estado de letargia, que era como se uma bruma fina flutuasse diante dos meus olhos, uma aglomeração de gases azuis e brancos, turvando as imagens da realidade que chegavam até a retina, que eu estava no saguão do aeroporto Santos Dumont, ligeiramente apreensivo e meio doido, com o caderno Prosa e Verso dobrado no colo, de pau duro, mergulhado naquele estado de letargia quando. Quando, quando, quando. Não tem vergonha na cara, não? Que falta de estilo, que bosta de texto. Narrador incompetente. Vá tomar no cu.

Eu gritou, vociferou, xingou e me mandou para os quintos dos infernos.

Pode arder aí nas chamas que eu vou me vingar neste episódio. Entendeu?

Entendi, eu falei. Mas Eu não escutou.

Eu estava no saguão do aeroporto Santos Dumont, ligeiramente apreensivo, um tanto perturbado e meio doido, tentando ler as resenhas do caderno Prosa e Verso do Jornal O Globo quando.

Personagens estúpidas sem a mínima densidade psicológica.

O quê?

Sim, era esse o título da resenha na página 4.

Vamos, Eu, não há como escapar. Leia.

Mesmo ligeiramente apreensivo, um tanto perturbado e meio doido, Eu começou a ler a resenha:

Já se disse que a cadeira é a única invenção que jamais pôde ser aperfeiçoada. De dez em dez anos (digamos

*para simplificar), as vanguardas da marcenaria intro-
duzem novas formas e diferentes combinações de medidas,
mas é sempre a mesma velha cadeira, não raro mais inte-
ressante do que confortável, ou seja: são obras de arte que,
no fervor da renovação, perderam a destinação utilitária.*

Mas que merda de crítico é esse? O que cadeiras
têm a ver com livros, cacete?

*Também de dez em dez anos (digamos para
simplificar), as vanguardas literárias e artísticas, isto é,
as gerações que inevitavelmente se revezam, surgem com
o manifesto habitual, repetindo palavra por palavra o
que os anteriores já haviam proclamado. As vanguardas
escrevem manifestos e, com freqüência, não escrevem mais
do que isso, enquanto professores e críticos escrevem a
história dos manifestos e vanguardas, propondo uma
leitura de salutares efeitos febrífugos, ou seja: cada uma
delas desqualifica as precedentes, que, a essa altura, já
se incluíram na retaguarda.*

Febrífugos! Febrífugos! Puta que o pariu! Que
enrolação é essa?

*Quem lê a história das vanguardas começa a acre-
ditar menos na sua significação histórica (são movimentos
que "não deixam nada", como se diz, por estarem fechados
em si mesmos), o que, por paradoxo, não lhes diminui a
significação cronológica, ou seja: em termos bergsonianos,
pertencem ao tempo que passa, não ao tempo que permanece. O que fica é a literatura, que justifica as vanguardas,*

embora as vanguardas nem sempre justifiquem a literatura, ou seja: são pontos de referência na busca incansável e frustrante do absoluto, que, se atingido, seria o fim da literatura.

Esse cara está enrolando. Será que ninguém percebe isso? Percebe, percebe, sim. Até aquele panaca ali, aquele ali, sentado na fileira da frente, com bíceps de rotweiler e cara de galã de telenovela perceberia isso.

Assim, devemos sempre aspirar pela repetição das vanguardas (repetição e não renovação porque, no fundo, não se renovam umas às outras), e, ao mesmo tempo, desejar-lhes o inevitável malogro, o desaparecimento geneticamente programado, ou seja: a vanguarda traz em si mesma o gene da própria destruição. Efêmero é o seu nome, condição para que a literatura continue enquanto idéia platônica, não apenas como obras literárias ou artísticas realmente existentes, simples "imitação" do protótipo imaginário.

Ah, eu vou matar esse crítico. Crítico o cacete. Devia ser açougueiro. Não, açougueiro, não. Devia trabalhar no frigorífico Sadia. O dia inteiro arrancando tripas de porco, lavando bem e enchendo com aqueles pedaços de carne triturada.

Tudo isso é contingente com as gerações sociais (das quais as literárias e artísticas são meros subprodutos), problema tão complexo que continua desafiando os especialistas. Depois dos trabalhos clássicos de François

Mentré (1920), J. Petersen (1925), Karl Mannheim e Ortega y Gasset (1928) e Julián Marías (1949), Louis Chauvel repensou-o em perspectivas mais ambiciosas, distinguindo os "estratos" e as "coortes" das gerações biológicas, ou seja: "a geração não é a classe, e a coorte não é o estrato" (Le destin des générations. *Paris: Presses Universitaires de France, 1998).*

No imediato, as gerações estabelecidas (elas próprias compostas de estratos e coortes diferentes) sempre parecem conservadoras pelo simples fato de existirem, ou seja: não há como fugir disso. As gerações emergentes, também pelo simples fato de existirem, desejam-se revolucionárias ou, pelo menos, renovadoras, ou seja: é a sua função histórica, no que não têm méritos especiais, nem justificam condenações sumárias. Serão julgadas, como as outras, e como as árvores, pelos frutos que produzirem, segundo a milenar sabedoria bíblica.

Milenar sabedoria bíblica! Agora vai dar uma de rabino, é?

Deste mal padece o autor do livro Adorável Criatura Frankenstein, *o velho mal daqueles que se querem novos, ou seja: imaginando-se emergente criador de vanguarda, o febrífugo escritor consegue apenas amontoar em páginas pífias uma tonitroante algaravia de narrativas sem a menor perspectiva aristotélica, ou seja: totalmente inverossímeis segundo os mais rudimentares princípios da arte da escrita. Sem o mínimo talento necessário para a boa condução de uma história, o autor lança mão de recursos absurdos, como a tediosa repetição de frases, revelando total imperícia descritiva e odiosa incapacidade de criar nexos lógicos, ou seja: escreve como um colegial desprovido de qualquer familiaridade com os parâmetros deixados pelos grandes mestres da altiva literatura.*

Caraco. Se um cara escreve um troço desses sobre um livro meu, eu despacho o desgraçado para a faixa de Gaza com uma bandeirinha americana enfiada na orelha.

Pior do que a ignóbil incapacidade narrativa do autor, a hedionda imperícia na criação de personagens resulta numa horda de seres inverídicos, chapados, sem nenhuma profundidade, ou seja: seres literaria-mente monstruosos, criados a partir de uma idéia rídicula de se apropriar dos pronomes pessoais da língua portu-guesa. A personagem central, por exemplo, chama-se simplesmente "Eu", numa clara tentativa de criar um princípio entrópico entre a persona do narrador e a do seu personagem.

Eu empalideceu e engoliu seco antes de ler o parágrafo seguinte.

O recurso, raso e estúpido por si só, ainda resulta numa aberração sofrível, típica do universo vazio daquelas literaturas que se pretendem inovadoras, ou seja: uma personagem sem nenhuma densidade psicológica.

Eu estava pálido. Tão pálido que parecia um primo distante do fantasma Gasparzinho, ou então, uma daquelas esqueléticas topmodels francesas que brilham nas passarelas dos desfiles de modas.

Eu ainda estava pálido quando os alto-falantes do aeroporto Santos Dumont anunciaram o embarque imediato no vôo 666 da Vasp.

Eu estava pálido, mas havia um brilho estranho em seus olhos. Um brilho que eu jamais vira durante toda esta narrativa.

Apesar do brilho estranho em seus olhos, Eu poderia jurar que seu rosto não irradiava uma luminosidade jamais vislumbrada por nenhuma criatura, nem pelas sacedortisas egípcias dos cultos de Osíris, nem pelos xamãs siberianos, acostumados a fenômenos estranhos, nem pelos mais experientes mestres do bramanismo.

Sem se sentir um ser especial, uma criação inigualável da hierarquia mais elevada dos arcanjos, uma figura mítica, Ícaro, talvez Narciso ou mesmo um Humphrey Bogart qualquer, Eu atravessou a porta da sala de embarque, andou pela pista do aeroporto Santos Dumont, subiu a escada do boieng da Vasp, olhou para as celebridades, chiques e famosos, que mantinham suas bundas grudadas nos assentos ao longo do corredor, aguardando a decolagem, e não sentiu as pernas amolecerem.

Sim, o boeing da Vasp estava cheio de celebridades, chiques e famosos: o jogador de futebol Marcelinho

Carioca, a ex-dançarina de axé-music Carla Perez, as cantoras Gal Costa, Maria Bethania e Daniela Mercury, o senador Antonio Carlos Magalhães, os compositores Gilberto Gil e Caetano Veloso, a atriz Malu Mader, com seu marido Toni Belotto, a superapresentadora de televisão Xuxa, com sua filha Sasha, e até mesmo o telejornalista Bóris Casoy, a ex-namorada do tenista Gustavo Kuerten, a ex-namorada do piloto Ayrton Senna, e o deputado Delfim Neto.

Eu não parecia uma estátua, um daqueles pobres coitados gregos petrificados pelo olhar da Medusa, respirando com dificuldade, ali, no início do corredor do boeing da Vasp.

Não, não parecia mesmo.

As celebridades, chiques e famosos gargalhavam em seus assentos, olhavam para Eu e gritavam: Você não tem densidade psicológica, ah-ah-ah, você não tem densidade psicológica, ah-ah-ah, você não tem densidade psicológica, ah-ah-ah.

Antes que a comissária de bordo desse um cordial empurrãozinho nas costas de Eu, como um pai que empurra seu bebê rumo à glória dos primeiros passinhos e diz Vai lá, você vai conseguir, Eu catou no bolso o controle remoto da televisão, que resolvera trazer consigo, e gritou: Aé, cambada de pavões, eu não tenho densidade psicológica? Pois agora vocês vão ver uma coisa.

As celebridades, chiques e famosos olharam espantadíssimas para Eu.

Eu apontou o controle remoto em direção às celebridades, chiques e famosos e apertou o botão stand-by.

As celebridades, chiques e famosos desapareceram instantaneamente.

Gostaram da brincadeira, ah-ah-ah — Eu gritou. Se aquele bosta daquele crítico estivesse aqui teria o mesmo fim.

As comissárias de bordo estavam boquiabertas.

Eu também, confesso.

Eu caminhou triunfante pelo corredor do boeing da Vasp, escolheu um assento na parte traseira e se sentou como um paxá na aeronave vazia.

Caramba!

A REALIDADE É CHEIA
DE SANGUE E ESPERMA

Eu atravessou a porta de vidro do saguão do aeroporto, avistou Nós dentro do Land Rover estacionado, caminhou dois passos em sua direção e não tropeçou em monte de lixo algum.

Eles não estava ali.

Eles estava embasbacado diante da foto da modelo Luana Piovani na capa da revista Playboy exposta na banca de jornais em frente ao Teatro Municipal. Que mina gostosa, mano. Que tesuda. Eles catou a revista Playboy e saiu caminhando pela rua Barão de Itapetininga. Eles não chegou a andar cinco passos. O dono da banca de jornais agarrou o pescoço de Eles e apertou com força, com raiva, com verdadeiro ódio. Devolve a revista, ladrãozinho, filho de uma puta. Eles se virou de sopetão e cravou o estilete no pescoço do dono da banca de jornais. O sangue espirrou. O dono da banca de jornais caiu, tentando tapar o talho aberto no pescoço. Eles correu pela Barão de Itapetininga, o coração batendo dentro do cérebro. Eles atravessou a Ipiranga, desviando dos carros, e entrou no banheiro público da Praça da República. Eles encontrou um sanitário desocupado, fechou a porta atrás de si, sentou-se no chão imundo, os pulmões quase saindo pela boca e pelos ouvidos. O banheiro fedia a mijo, merda e vômito. Eles sentou-se no vaso sanitário, folheou a revista Playboy até encontrar as fotos da modelo Luana Piovani nua, parou em uma foto de página dupla. Eu tirou o pau pra fora e começou a se masturbar olhando a modelo Luana Piovani deitada de pernas abertas sobre lençóis de seda vermelha, os seios redondos, carnudos, os bicos durinhos, coxas redondas e lisas, as penugens clarinhas no meio das pernas, a boca aberta, um dedo entre os lábios, fazendo cara de inocente, uma gargantilha de prata cravejada de diamantes, o pau de Eles indo e vindo na mão suja com o sangue do dono da banca de jornais. Eles apertava o próprio pau, movimentava a mão para a frente e para trás, gemia baixinho, uma moleza misturada com um calor intenso tomando conta de suas pernas, a virilha se mexendo para a frente e para trás, gostosa, tesuda, a imagem do sangue esguichando do pescoço do dono da banca de jornais se misturando com os seios redondos e os bicos durinhos da modelo Luana Piovani, a cabeça do pau inchada, vermelha, as mãos imundas, as penugens clarinhas no meio das pernas da modelo Luana Piovani, ahhhh, aahhhhh, isso, chupa meu pau, gostosa, Eles gemia baixinho, mete meu pau inteiro dentro da sua boca, chupa, vagabunda, chupa, isso, assim, as pernas amolecidas, as imagens se distorcendo no cérebro, o olhar aterrorizado do dono da banca de jornais, as curvas das costas e das nádegas da modelo Luana Piovani, a mão apertando o pau com mais força, o vaivém mais rápido, ahh, ahhhh, aahhhhh, o esperma esguichando pelo orifício do pau, se misturando com o sangue do dono da banca de jornais, escorrendo pela mão imunda de Eles, caindo no meio das pernas da modelo Luana Piovani, ah, gostosa, meu tesão, aahh, aaahhhhhh.

Eles encostou a cabeça na parede rabiscada e permaneceu ali, imóvel, o corpo inteiro amolecido, segurando o próprio pau, o esperma escorrendo pela mão imunda, misturando-se com o sangue do dono da banca de jornais, a revista Playboy caída numa poça de urina ao lado do vaso sanitário do banheiro público da Praça da República.

TRAÍDO PELA MEMÓRIA

Bem que eu estava achando tudo muito estranho — Eu disse a Nós.

O Land Rover deslizava pela Nova Faria Lima em direção à Praça Panamericana.

Às vezes, quando dizia algo a alguém, a Ela, por exemplo, era como se eu obedecesse a um comando que estivesse fora do meu alcance, como se alguém controlasse os impulsos elétricos do meu cérebro, fizesse o ar passar pelas minhas cordas vocais e sair pela minha boca em sons claros, objetivos e compreensíveis. Parecia que eu simplesmente obedecia à vontade de uma outra pessoa, uma força oculta, uma entidade divina ou, quem sabe, demoníaca.

Eu falava de maneira catatônica, monocórdia, como um clone com defeito no sistema Apple Performa XV, o circuito responsável pela emissão de impulsos elétricos ao cérebro, os quais são transformados em pensamentos expressos pela fala.

Nós escutava pacientemente, enquanto o Land Rover cruzava o semáforo e entrava na Pedroso de Moraes, em direção à Praça Panamericana.

Agora me lembro. Eu cheguei a dizer a Ela, quando estávamos indo para a festa na sua casa, que eu estava achando algo estranho nesta história. Não sei. Os nomes. Eu me chamo Eu. Você se chama Ela. Ela se chama Você — foi o que eu disse.

Nós escutava tudo calado.

O Land Rover deslizava pela Pedroso de Moraes, em direção à Praça Panamericana.

Súbito, Eu soltou um grito animalesco: Aaaaaaa-aaaaaaaaaaaaaaaaaaa. Nós levou um tremendo susto, o Land Rover ziguezagueou pela Pedroso de Moraes e subiu na calçada, parando a menos de um metro de uma banca de jornais.

É ele. É ele. É ele. É ele, Eu gritava, olhando para o canteiro central e abrindo a porta do Land Rover.

Eu atravessou a avenida Pedroso de Moraes que nem uma bala. Um Hyundai azul fez uma manobra very fast e conseguiu evitar o atropelamento. Eu se ajoelhou na frente do mendigo sentado em um latão de óleo no canteiro central da Pedroso de Moraes, com um maço de papel almaço no colo e uma caneta Bic entre os dedos, agarrou seus ombros com as duas mãos e passou a chacoalhá-lo enquanto gritava O que você está fazendo aqui? O que você está fazendo aqui?

O mendigo não esboçou a menor reação. Esperou Eu se acalmar e pediu gentilmente O senhor pode retirar suas mãos dos meus ombros?

Eu retirou as mãos do ombro do mendigo e balbuciou O que você está fazendo aqui?

Quando o senhor vai entender? — o mendigo respondeu, olhando-o nos olhos.

Diga-me apenas o que você está fazendo aqui, apenas isso, por favor — Eu balbuciou novamente, quase desmaiando na grama do canteiro central da Pedroso de Moraes.

Já disse. Existe uma famosa lei da física que diz que um corpo *tem* que ocupar um lugar no espaço.

E-ésse-pê-a-cêcedilha-o foram as últimas letras que Eu ouviu antes de desmaiar.

A VISITA DO ANJO

Só pode ser um anjo. Melhor, uma anja. Meu Deus, e que anja!

A visão turvada de Eu só conseguia distinguir o espectro de um rosto. Um rosto angelical, visto de baixo para cima.

Será que eu bati as botas e estou no céu? Será que esta é minha anja da guarda me dando as boas-vindas?

A visão ainda turvada de Eu conseguia distinguir agora os contornos do rosto de uma anja loira lindíssima, cabelos longos, repicados nas pontas, um certo ar selvagem.

Eu sentia a mão macia daquela anja lindíssima acariciando seu rosto.

Meu Deus das Santas Virgens dos Jardins de Afrodite! Então as anjas são assim, essa mistura de Brigitte Bardot dos velhos tempos com Kathleen Turner? Por que não me avisaram antes que o céu é *esse* tipo de paraíso?

A visão menos turvada de Eu conseguia distinguir agora o rosto lindíssimo e os peitos maravilhosos daquela anja loira, emoldurados por um delicado tecido azul-claro, o decote mais mostrando do que escondendo.

Santo Senhor, Meu Pai Eterno, então as anjas da guarda são essas maravilhas?

A visão de Eu agora estava totalmente nítida. Os olhos inebriados por aqueles peitos maravilhosos, emoldurados por um delicado tecido azul-claro, o decote mais.

Um momento! Delicado tecido azul-o-quê?

Com um berro longo e um rápido movimento de corpo, Eu saltou da cama e voou em direção à parede mais próxima. Reação impressionante para quem acabara de voltar ao doce convívio dos vivos depois de um desmaio.

Assustada, a anja voou para o outro lado do quarto.

Eu sabia, eu sabia, até o céu está me sacaneando, Eu se lamentou, encostado na parede.

Calma, querido. Está tudo bem agora, a anja conseguiu falar, o peito arfando.

Calma o cacete. Não chegue perto.

A anja estava realmente assustada. Assustada e sem entender o que se passava na cabeça de Eu.

Calma, não está me reconhecendo? Eu sou Você.

Eu sei muito bem. Você é Você e tem um pau enorme no meio das pernas.

A anja, quer dizer, Você, permaneceu alguns instantes imóvel, em pé, com ar de ofendida. Em seguida, esboçou um maroto sorriso nos lábios, sentou-se na cadeira ao lado do espelho e disse delicadamente, as palavras desenhando uma encantadora melodia celeste no ar do quarto:

Não, querido. Eu sou Você. Vós é quem tem um pênis no meio das pernas. Você sabe disso.

Não sei coisa nenhuma. Não sei mais nada. Você, Vós, tecido azul-claro, tecido vermelho. Não caio nessa de novo.

Você mantinha agora os olhos fixos nos olhos de Eu. Eu tentava não olhar para os peitos de Você, mas era difícil. Você percebeu.

O que eu posso fazer para provar que sou uma mulher, Eu?

Eu se achou um tanto ridículo.

Provar que é uma mulher? Aquela escultura viva de Michelangelo, aquela nobre Condessa do melhor sangue russo, aquela sétima maravilha da natureza, parada, ali, a sete passos, precisa provar que é uma? Não, não, não, não, Eu. Não caia nessa. Você já foi enganado uma vez, Eu se debatia com seus botões, embora vestisse uma camiseta sem, bom, vocês sabem.

O que eu posso fazer, Eu?

Eu se achou insuportavelmente ridículo. Insuportavelmente ridículo e irremediavelmente enfeitiçado por aqueles olhos azuis, enormes, fixos nos seus. Eu quase deu um passo em direção a Você. Quase. Não, não, não.

Fique na sua, Eu. Você já se deu mal uma vez, Eu se debatia silenciosamente, sem conseguir despregar os olhos daqueles olhos azuis.

Você percebeu a agonia de Eu. Qualquer mulher perceberia.

Você tomou a iniciativa. Olhos fixos nos olhos de Eu, Você abriu o botão da calça e desceu o zíper, num movimento suave e insinuante, como só as mulheres sabem fazer.

O coração de Eu disparou.

Você tirou a calça e a deixou caída no chão, olhos fixos nos olhos de Eu.

O coração de Eu batia como a bateria de uma escola de samba na Marquês de Sapucaí.

Eu olhou disfarçadamente para o meio das pernas de Você. A calcinha preta não parecia esconder nenhum volume suspeito.

Olhos fixos nos olhos de Eu, Você foi abrindo, um a um, os botões da blusinha azul-clara. A visão dos peitos redondos, empinados, nem grandes nem pequenos, perfeitos, com mamilos rosados, amoleceu as pernas de Eu.

Você permanecia próxima da parede, ao lado da cadeira, do outro lado do quarto, somente de calcinha, olhos fixos nos olhos de Eu.

Eu se sentia ridículo.

Como eu posso duvidar que esta escultura viva de Michelangelo, esta nobre Condessa do melhor sangue russo, esta sétima maravilha da natureza não é uma mulher?

Os olhos azuis de Você faiscavam do outro lado do quarto, os lábios umedecidos, os peitos empinados, os mamilos rosados.

Olhos fixos nos olhos de Eu, Você começou a abaixar a calcinha.

O coração de Eu fazia evoluções na Marquês de Sapucaí.

Você tirou a calcinha, segurou-a um instante com o indicador da mão esquerda e a deixou cair no chão, em cima da blusinha azul-clara.

Eu olhou as penugens clarinhas no meio das pernas de Você.

Era a mulher mais linda que já vira em toda a sua vida. Sim, uma anja loira, peitos deliciosos, mamilos rosados, coxas firmes, penugens clarinhas. Uma tentação do demônio. Queria ver um desses padres castos e puros, que dão conselhos às velhinhas depois da missa de domingo, resistir a uma tentação dessas. Nem Cristo resistiria. Nem Maomé, muito menos Buda, com aquelas orelhas enormes, as bochechas de Dizzy Gillespie e aquele eterno sorriso de malaco.

Eu sentiu uma vertigem, a cabeça rodando, um arrepio subindo pela espinha e se alojando na nuca, enquanto o sangue pulsava grosso nas veias, quente, provocando um verdadeiro choque térmico no interior do seu corpo.

Eu fechou os olhos. Apertou bem as pálpebras. Por um segundo julgou estar presente na cerimônia de casamento do Céu e do Inferno, celebrado no altar daquelas penugens clarinhas.

Quando tornou a abrir os olhos, Eu não entendeu o que viu.

Você estava do outro lado do quarto, totalmente vestida. Eu olhou para o seu próprio corpo e percebeu que estava nu. Você estava onde Eu estava antes. Eu estava onde Você estava antes. Você olhava para o meio das pernas de Eu. Eu olhava fixamente para os olhos de Você.

Com uma calma que não julgava possuir, Eu percebeu sua própria boca se abrindo e perguntando, com uma voz que certamente era a sua:

— Afinal, quem sou eu?

— Você é Eu, querido.

Olhos fixos nos olhos de Eu, Você acrescentou, depois de alguns instantes, instantes que valeram por uma vida e meia:

— Nunca duvide disso.

Eu andou em direção a Você. Você andou em direção a Eu.

Os dois se abraçaram no meio do quarto.

A Terra girava.

Os dois foderam como fodem os anjos devassos enquanto a Terra girava.

O SILÊNCIO DAS ESFERAS

Quando Eu acordou, sabia exatamente o que fazer. Não estava ansioso. Estava decidido. Eu ainda apalpou a cama à procura de Você, mas, no fundo, sabia que ela não estaria ali.

Eu levantou-se da cama e foi até o jardim da casa. Encontrou Nós sentado embaixo do ipê roxo ao lado da escultura da mulher de pedra branca, com gavetas saindo das pernas, uma faca enfiada na testa, cabelos longos, repicados nas pontas, um certo ar selvagem, os braços terminando em galhos.

Eu olhou demoradamente para Nós sentado embaixo do ipê roxo ao lado da escultura da mulher de pedra branca.

Vamos?

Nós riscou um círculo na terra úmida com um pequeno galho que segurava entre os dedos. Dividiu o círculo em sete partes. Levantou a cabeça e olhou nos olhos de Eu.

Nem todos os astrônomos do mundo podem alinhar as órbitas dos planetas — disse Nós, cravando o pequeno galho no centro do círculo. Muitas coisas estranhas ainda podem acontecer, Eu.

Enquanto os planetas giram, os telefones tocam — Eu riu.

Nós também riu.

Vamos — disse Nós, seguindo em direção ao Land Rover estacionado na garagem.

O ENCONTRO

A lua cheia enorme pairava sobre os edifícios de São Paulo. Vista do alto da Raposo Tavares, parecia uma cena de filme americano. Cenário maravilhoso para um suicida encher a cara de Johnny Walker e se jogar do 17° andar depois de deixar um bilhete aos amigos: Tomem bastante cerveja no meu enterro mas, por favor, não mijem no meu caixão. Vocês sabem que não suporto cheiro de mijo. Até a próxima.

O Land Rover deslizava pelas ruas de São Paulo, os faróis criando desenhos fantasmagóricos no asfalto molhado. Se eu tivesse saco, descreveria o cenário metropolitano, banhado por uma luz de filme noir, as ruas e avenidas repletas de namorados saindo dos cinemas, travestis fazendo ponto em frente ao Jockey Club, mendigos enchendo a cara embaixo do Minhocão, trombadinhas noiados escolhendo a próxima vítima, vendedores de chiclete com bebês no colo tentando levantar uns trocados nos semáforos, a colegial estuprada e morta pelo Maníaco do Parque, o bêbado desmaiado no balcão do boteco, o cachorro esperando pacientemente ao lado do banco, estirado no chão, olhar de quem não acharia nada mau se algum daqueles trambiqueiros resolvesse jogar um pedaço de linguiça. Se tivesse saco descreveria até a batalha entre Batman e Pingüim no alto do edifício da Fiesp. Mas todo mundo conhece bem este cenário e estas histórias. Eu estava mais interessado no encontro.

A campainha tocou uma vez. Dei mais um gole e esperei. No terceiro toque, despreguei a bunda da cadeira e fui atender.

Eu me olhava de um jeito atônito. O que será que estava esperando? Uma espécie de John Fante, Paulo Leminski ou, quem sabe, Raymond Queneau? Será que esperava um senhor encarquilhado, cabelos bem penteados, o nó da gravata aparecendo acima da gola do colete? Ou pensava em um samurai musculoso e bronzeado, tipo Yukio Mishima? Não, certamente, não. Só se fosse um completo imbecil. Eu estava confuso, mas não era um imbecil.

Parei diante do portão e olhei para Eu.

Boa noite. Eu sou Eu e este é Nós, Eu finalmente falou.

Conheço bem você, eu respondi, abrindo o cadeado e puxando o portão. Eu o estava esperando.

Assim que o portão se abriu, Eu agarrou meu pescoço. E apertou forte. Porra, aquilo doeu.

Desgraçado. Então é você o responsável por tudo o que tem me acontecido?

Eu não conseguia falar. Para ser mais sincero, mal conseguia respirar. Nós tentava arrancar as mãos de Eu do meu pescoço. Mas o cara era forte, bem mais forte do que eu supunha.

Então é você o pulha que está me sacaneando? Marcianos, Chita, aleijadinho sem mãos, barulho de papel de bala, celebridades, chiques e famosos, mendigo, Hyundai azul, mestre zen, Eu, Você, Ela, Nós, Vós, Eles, Elas, tudo invenção sua? Você sabe o que fez com a minha vida nesses últimos dias? Pois eu vou dizer, ah, eu vou dizer agora, seu crápula. Você não passa de um narrador de quinta categoria. O crítico do Globo tem toda razão. Você é um inábil, um idiota, um, um, um, um escroto, filho de uma puta.

Eu olhei nos olhos de Nós com cara de quem diz Tire esse pitbull de cima de mim, porra. Nós pareceu entender. Nós agarrou Eu pelas costas e o puxou para trás, com força. Senti o ar voltando aos meus pulmões. Respirei fundo, quase vomitei.

Me solta, Nós. Eu vou sufocar esse maldito.

Eu conseguiu se desvencilhar de Nós e partiu novamente pra cima de mim. A reação foi instintiva.

Meti-lhe uma joelhada no saco. Eu tinha que fazer isso, ou então o sujeito iria me matar.

Eu se curvou, com as mãos entre as pernas, gemendo.

Nós segurou os ombros de Eu com firmeza.

Calma, Eu. Não vai ser assim que você vai entender as coisas.

Entender o que, Nós? Eu vou matar esse filho da puta e depois vou viver minha vida, Eu gemeu, com as mãos entre as pernas.

Não é tão simples assim. É melhor escutar o que ele tem a dizer.

Não quero escutar nada desse canalha.

Tudo bem, Eu, você está com raiva, eu entendo. Mas você não gostou de trepar com Você?

O rosto de Eu se iluminou. Parecia um daqueles seres redondos e gasosos da história em quadrinhos Moonshadow.

Foi ele quem colocou Você no seu caminho, Eu.

Eu olhou para mim com menos raiva. Não diria que olhou com ternura, mas, pelo menos, não parecia mais um pitbull pronto para estraçalhar minha aorta.

Não é bem assim, Nós. Você sabe disso, eu retruquei.

Você não tem algo para beber?, Nós emendou.

Tenho vinho. Entrem.

Eu parecia mais calmo. Por precaução, no entanto, deixei-o entrar na frente e indiquei uma poltrona, justamente a que ficava mais longe da minha.

Na mesa no centro da sala, as duas taças estavam vazias. A minha, pela metade.

Enchi as três mas não propus um brinde. Não parecia uma atitude conveniente, vocês hão de convir.

Eu bebeu metade da taça e a colocou de volta na mesa. Nós fez a mesma coisa. Eu também.

Nós e Eu olharam para mim. Senti que deveria começar a falar.

Eu, eu sei que você está puto comigo. Mas eu devo dizer que tudo o que tem acontecido com você não é responsabilidade minha.

Não é responsabilidade sua. Sei.

Senti o olhar de pitbull voltar à feição de Eu e fiquei esperto.

Você é um escritor

Escritor uma pinóia, Eu me interrompeu. Sou um mero de um personagem, um idiota que nem sabe o que está acontecendo embaixo do seu nariz. Um perfeito imbecil. Você não poderia me dar pelo menos um nome? Onde já se viu se chamar Eu?

Tudo bem, Eu. Você é um personagem-escritor, então.

Personagem-escritor? Ora, vamos. Você nem sequer me informou que livros eu escrevi. Pode procurar neste teu enredo de bosta. Vai, lá, procura. Veja se em algum momento você se dignou a dizer quais os títulos dos livros que escrevi.

Não era importante para o enredo.

Não era importante para o enredo. Ah, ah, ah, ah. Essa é boa. Quero ver você no meu lugar. Um escritor que nem sequer sabe quais livros escreveu.

Deixe-o falar, Eu, Nós interviu.

Tudo bem, tudo bem. Pode falar.

Todo escritor sabe que o Eu do narrador nem sempre é o próprio Eu do autor. Mesmo os poetas sabem disso.

Ah, não. Só falta agora falar do Eu lírico, do Eu onírico, do Eu colérico. Nem vem com essa ladainha rastaquera.

Eu sou apenas um narrador, Eu.

Um desgraçado de um narrador que me enfiou numa história sem pé nem cabeça.

Não sou o responsável. Também sou um personagem. Obedeço ordens. Como personagem-escritor você deveria saber disso.

Eu deveria saber um monte de coisas. Eu deveria saber quem sou eu, eu deveria saber que livros escrevi, eu deveria saber que merda estou fazendo nesta história. Acontece que você me criou e não me disse nada a meu respeito. Nadinha.

Não fui eu quem criou você.

Ah, não foi você quem me criou. Claro, óbvio, nem pra isso você presta.

Eu tomou a outra metade da taça de vinho.

Vamos ver se entendi. Você é apenas um personagem. Um mero narrador. Um narradorzinho qualquer, desses que existem aos montes por aí.

Aquilo doeu. Putz, narradorzinho qualquer! Doeu mais do que um soco no nariz.

Muito bem, muito bem, narradorzinho. E você pode dizer então quem é o responsável por esta bosta toda?

Ele.

Ele, ah sim. Como eu posso ser tão idiota? Bem que eu notei que estava faltando alguém. Claro. Ele. Ele. Ele. E quem é esse maldito, porra?

O autor.

O autor. Ah, ah, ah. O autor. Como não pensei nisso? Ah, ah, ah. O autor.

Eu voou sobre o meu pescoço com aquele olhar faiscante de pitbull.

E onde está o filho da puta?, Eu gritava, com o rosto colado no meu, aquela bocona soltando um bafo de pitbull nas minhas narinas.

Com aqueles dedos poderosos apertando meu pescoço, eu não tinha como falar. Apenas levantei a mão e apontei a grossa porta metálica com o indicador.

APOTEOSE

Eu abriu a grossa porta melálica com um pontapé e sentiu uma rajada de vento no rosto. Seus olhos quase saltaram das órbitas.

O galpão imenso, pé direito de uns oito metros, fervia de gente. Eram rostos conhecidos. Sim, bem conhecidos, alguns mais, outros menos: Você, Ela, Eles, Elas, Vós, os marcianos, as celebridades, chiques e famosos, o mendigo, o mestre zen, Mamãe Megafone, Pernalonga, os editores e editoras de entretenimento, Patolino, Chita, o aleijado sem mãos, Pateta, o professor de Semiótica da PUC, o Secretário Estadual de Entretenimento de São Paulo, Mickey, o rapaz oriental, com topete cheio de gel e óculos de enormes aros vermelhos e até o vizinho do andar de cima. Se bobear, a rajada de vento que Eu sentiu no rosto quando abriu a porta era o bêbado que pedira para Eu acender o cigarro na festa e acabara levando um chute tão forte no queixo que se transformara em rajada de vento.

Todos estavam sentados em confortáveis poltronas dispostas nas duas laterais do galpão, uma ao lado da outra, viradas para o centro. Ao fundo, em uma ampla poltrona colocada em cima de um pedestal, um senhor de barbas brancas olhava fixamente para Eu.

Dezenas de câmeras espalhavam-se por todos os lados. Luzes vermelhas piscavam, cabos elétricos ziguezagueavam pelo piso.

Eu virou a cabeça e olhou para Nós, pasmo. Foi quando ouviu uma voz grave, vinda do fundo do galpão.

Entre, filho.

Nós passou o braço pelo ombro de Eu e cochichou em seu ouvido, como se advinhasse o que Eu estava pensando.

Sim, é Ele.

Eu sentia o coração batendo dentro dos tímpanos, um fluxo nervoso, líquido grosso, viscoso, pronto para entrar em erupção e ser lançado por todos os poros, por qualquer fenda possível. O cérebro parecia uma televisão descontrolada, flashes pipocavam numa sucessão vertiginosa de imagens.

Sem que pudesse controlar seus próprios movimentos, Eu caminhou sete passos, tropeçou em um rolo de cabo elétrico e caiu de joelhos no tapete vermelho.

Os pensamentos de Eu foram bruscamente suspensos, como os de um guilhotinado, o baque surdo da lâmina ainda nos ouvidos, os olhos esbugalhados olhando o espasmo de pavor e gozo da multidão.

Como na tela mental de um suicida que rememora em fração de segundos todas as cenas marcantes de sua vida enquanto despenca do 15º andar até chegar ao auge da saturação suportável, subitamente Eu sentiu o corpo inteiro relaxado, tronco e membros moles, a cabeça mergulhada na brancura de uma folha de papel intacta.

Foi quando ouviu o senhor de barbas brancas falar com voz calma e pausada.

Entre, Nós. Afinal, todos o estavam esperando.

Não vim aqui para discutir, Nós respondeu, entrando no galpão. Apenas trouxe Eu para conhecê-lo. Ele tem esse direito, não?

Não foi somente por isso, Nós. Eu sei e você sabe também.

Pois vá em frente. Explique tudo a ele.

Para que explicar a criação? Eu o criei por amor.

Então diga-lhe com suas próprias palavras que ele não passa de um personagem.

Que diferença faz, Nós. O que importa é que ele existe.

Alguma vez você perguntou a ele se era esta a existência que ele queria?

O velho de barbas brancas ouviu calado.

Vamos, pergunte a ele agora.

Não seja tolo. Antes ele era nada, ninguém. Eu o criei, ele existe. Qual o problema, Nós?

O problema é jamais ter-lhe comunicado que tudo não passava de ficção, Senhor.

Ninguém mais sabe ao certo onde termina a ficção e onde começa a realidade. Você acredita que sejamos mais reais do que ele? Não foi você mesmo quem disse No Princípio era o Verbo, depois fez-se a Verborragia?

Nós se calou. O velho também. Não se escutava nem um zum-zum no interior do galpão.

Aqueles que sofrem sabem o que é real, pai.

A voz firme de Eu surpreendeu a todos.

Eu olhou nos olhos do velho de barbas brancas, caminhou pelo tapete vermelho e parou à sua frente.

Agora eu entendo. Finalmente, eu entendo.

Eu continuava olhando fixamente o velho de barbas brancas.

Me dê um abraço, pai.

O velho de barbas brancas abraçou Eu demoradamente. Quando se separaram, Eu beijou suas mãos e disse:

Obrigado por ter me criado.

Eu notou duas lágrimas deslizando pelas faces lisas do velho, cada uma vinda de um olho.

Nós notou o brilho de algo metálico enfiado no bolso de trás da calça de Eu.

O silêncio do galpão só era cortado pelo zumbido dos geradores elétricos.

Não faça isso, Eu, Nós gritou, correndo pelo galpão em direção a Eu e ao velho de barbas brancas.

Tarde demais.

Eu tirou o punhal do bolso de trás da calça e o cravou no peito do velho de barbas brancas.

O velho arregalou os olhos e foi deslizando seu corpo pelo corpo de Eu, até esparramar-se no chão.

Nós parou, atônito, a dois metros do corpo caído. Você se levantou da cadeira, mas não conseguiu dar nenhum passo. Ela sorriu de um jeito enigmático. Vós cobriu o rosto com as mãos. Eles e Elas se enlaçaram em um abraço e foram saindo do galpão.

Eu sentou-se na poltrona em cima do pedestal, acendeu um cigarro, olhou para Ela e disse com uma voz que certamente era a sua:

Ligue para a imprensa e avise que Ele está morto.

Um minuto depois, o estúdio explodiu numa festa. Chovia papel picado. Garrafas de vinho surgiam aos borbotões. Todos se abraçavam, se beijavam e gargalhavam. O diretor ordenava aos cameramen: continuem filmando. Não parem. Continuem filmando.

Ninguém parecia notar que o Autor continuava caído ao lado da poltrona, o sangue desenhando mosaicos vermelhos no chão.

ADEMIR ASSUNÇÃO nasceu em 1961. Poeta, jornalista e prosador, publicou *LSD Nô* (poesia, ed. Iluminuras, 1994), *A Máquina Peluda* (prosa, Ateliê Editorial, 1997), *Cinemitologias* (prosa poética, Ciência do Acidente, 1998) e *Zona Branca* (poesia, ed. Altana, 2001). Integrou as antologias *Outras Praias/Other Shores* (poesia, ed. Iluminuras, 1998), *Na Virada do Século* (poesia, ed. Landy, 2002) e *Geração 90 – Os Transgressores* (prosa, ed. Boitempo, 2003). Tem poemas musicados e gravados em discos por Itamar Assumpção, Edvaldo Santana e Madan. É um dos editores da revista de poesia e arte *Coyote*, junto com os poetas Rodrigo Garcia Lopes e Marcos Losnak. Site na web: **www.zonabranca.kit.net**

AGRADECIMENTOS

A Sebastião Nunes, Fernanda D'Umbra, Mário Bortolotto, Cláudio Daniel, Nelson de Oliveira, Luiz Roberto Guedes, Daniella Francine Angelotti, Arrigo Barnabé, Marcelino Freire, Plinio Martins, Ricardo Assis, Silvana Zandomeni, Adrienne Myrtes, Rodrigo Garcia Lopes, Marcos Losnak e a todos os que, direta ou indiretamente, contribuíram para o temível nascimento desta Criatura Frankenstein.

São Paulo, Brasil, dezembro de 2003.

Formato: 13 x 21 cm

Tipologia: Bulmer MT Regular

Papel de miolo: Pólen Soft 80 g/m²

Papel de capa: Cartão Supremo 250 g/m²

Número de páginas: 232

Impressão e Acabamento: Lis Gráfica

Tiragem: 1.000 exemplares